여름의 여름

여름의 여름

이정연 소설

젼출판

나의 아름답고 빛나는 연인
양언을 위하여

내 삶의 기적이며 내 존재의 투철한 이유
연빈 하빈을 위하여

차 례

여름의 여름

햇살이 뻣뻣하게 굳은 내 살을 감싸자, 살아났다는 생각에 몸이 떨렸다. 어젯밤 잡히면 목을 부러뜨리고 말겠다는 할아버지를 피해 뛰어든 뒤주 속이었다. 쌀이 소복하게 사타구니 사이로 기어들었고 생쌀의 냄새는 나를 안심시켰다. 엎드린 채로 쌀 한 줌을 입에 넣고 씹어보았다. 풋풋하고 달큰한 맛을 기대했으나 두려움에 굳어버린 혀뿌리는 쓰고 깔깔했다.

마굿간이나 허드레 물건을 넣어두는 광 속, 마루 밑같이 어둡고 찾기 힘든 곳이면 나는 어디든 기어들었다. 가장 좋은 곳이 뒤주인데, 쌀이 가득 차 있는 가을부터 겨울까지는 들어갈 수 없었다. 뒤주는 한자로 일(一)부터 십(十)까지 적힌 나무판을 한 칸씩 빼고 끼워 넣게 되어있었다.

봄부터는 四가 적힌 칸까지 쌀이 내려가기 때문에 나 같이 몸

집이 작은 아이는 들어갈 수 있었다. 옆으로 나무판을 빼낸 다음, 다리 한쪽을 쌀 속에 걸쳐 놓고 허리를 굽혀 들어가 나무판을 밀어 닫으면 밀실이 되었다. 밀실에는 갇힌 소녀의 눈물이 묻어있다.

어젯밤, 뒤뜰로 달려오니 누군가 뒤주 문을 비끗하게 열어두었다. 행운이었다. 아직 잦아들지 않은 성난 목소리가 철판 같은 어둠에 부딪혀 쩍쩍 갈라졌다. 이런 밤이면 반짝이는 별들도 성가시기만 했다. '반짝반짝 작은별' 노래하던 내 친구 오주의 낯짝을 갈겨 주고 싶었다. 별이 박살 나서 유리 조각처럼 떨어지고 난 뒤에야 어둠은 나를 완전히 안아줄 수 있을 테니까.

쌀을 한 줌 쥐었다가 공중에서 떨어뜨렸다. 스르륵, 쌀이 떨어졌다. 나는 두 발을 쌀 속으로 밀어 넣고 손을 얼굴 밑에 파묻었다. 목 밑에서 굵은 울음이 치밀어 올랐다.

할아버지는 술에 취하면 내게 달려들었다. '이 찢어 쥑일 년' 찢어 죽이다니? 옛날에 거열형이 있었다는 말은 알고 있어도 이렇게 날것인 상스러운 표현은 곤란하다. 산 사람을 찢어 죽이겠다는 할아버지는 자신의 행동이 어린 손녀의 인생을 찢어놓고 있다는 사실을 모르는 모양이다. 그렇지 않고서야 자신의 유전자를 망가뜨리려고 이렇게 애쓰는 사람이 또 있는지 궁금하다.

일요일이었다. 앞마당으로 나오니 고요했다. 들일을 나가는 시간이다. 부엌문을 밀치고 들어갔다. 부뚜막 위에 밥과 국이

덮여있다. 밥 한 그릇을 국에 말아 후딱 해치웠다. 구수한 된장 맛이 속을 따뜻하게 어루만졌다. 할머니가 내 밥을 남겨두었다.

이 집에서 내가 가장 아끼는 토끼들이 있는 곳으로 갔다. 나는 토끼들을 아름다운 이름으로 불렀다. 영원과 하루. 담임인 털보 선생님이 준 코피 묻은 책갈피 속에는 이렇게 쓰여 있었다.
〈하루의 열정이 영원으로 가는 돌을 놓는다. 〉
털보 선생님은 혼자 돈을 벌며 공부했다. 그러다가 사는 것이 힘들어 죽기로 결심했다고 한다. 그런데 코피를 쏟은 책 위에 엎드려 새벽빛을 보는 순간 살아야겠다고 생각했단다. 선생님은 지금은 내 상황이 힘들지만 극복하기 위해 열심히 노력해야 한다고 말씀하셨다. 나는 그 순간, 삶의 극복보다는 코피 묻은 책갈피 위에 엎드려 있는 청년과 그 위에 쏟아지는 햇빛의 이미지에 황홀함을 느꼈다.

영원과 하루가 입을 오물거리며 입질을 했다. 어제 뜯어놓은 민들레, 쑥, 질경이, 명아주, 냉이, 쇠비름을 섞어서 토끼장에 넣어 주었다. 미나리아재비, 애기똥풀, 족두리풀, 쥐손이풀은 토끼가 먹으면 위험해 조심해서 뜯어야 했다. 도시에서 살다 온 나는 이런 일이 서툴렀으나 사랑하는 토끼를 위해 열심히 관찰하고 주의해서 토끼풀을 뜯었다. 하루와 영원이가 입을 오물거리며 그물망 사이로 내미는 풀을 받아먹었다. 영원이는 입에 내 손이 닿으면 몸이라도 다 핥아주겠다는 듯이 손가락을 간지럽혔다. 영원이도 내가 좋은가 보다.

곧 헛간 옆에서 토끼풀을 뜯어야겠다. 개울이 흐르는 헛간 옆에서, 아이들은 소에게 풀을 먹이려고 끌고 와 묶어 놓고는 서로 몸을 밀치기도 하고 장난질을 하며, 토끼풀을 뜯었다.

나는 사실 이런 영혼 없는 놀이에는 관심이 없다. 도서관도 영화관도 없는 이곳 아이들이 할 수 있는 놀이는 산이나 들을 뛰어다니는 지루한 것들뿐이다. 물론 자연에도 영혼은 흐르지만 나는 아직 책 속에서 만나는 사람들의 영혼을 더 사랑한다.

영원이와 하루를 들여다보다 어제 오주와 한 약속이 생각나 속옷과 양말을 담아 개울가로 내려왔다. 내려오면서 건너편 언덕 위를 쳐다보니 멀리 버스가 지나가며 먼지를 날렸다. 찔레 넝쿨이 함부로 자라 발이 걸렸다. 찔레꽃을 따서 입에 넣었다. 하얗고 싱그러운 꽃 맛이 입안 가득 퍼졌다.

노래를 부르고 있는 오주는 내가 걸어오는 소리를 듣지 못했다. 나는 신발을 벗었다. 자갈돌이 햇빛을 머금고 있어 발바닥이 따갑다. 나는 스타카토로 발바닥을 들어 올리며 물었다.

"언제 왔어?"

"빨리 와, 기다렸잖아."

"오, 해피데이, 오, 해피데이"

오주가 바위 위에 서서 궁둥이를 씰룩거리며 손가락으로 번갈아 하늘을 찔러댔다.

널찍한 돌 위에 빨래를 담은 세숫대야를 놓고 앉으니 도로를 달리는 버스가 보였다. 1년 전, 사흘 후에 오겠다던 엄마의 약속을 믿고 도로가 보이는 언덕에 올라 매일 도시 쪽에서 들어오는 버스를 기다렸다. 버스가 설 때마다 벌떡 일어나 내리는 사람들을 유심히 바라보았고 그때마다 내 심장은 터질 것 같았다. 1년이 지나도록 엄마는 나타나지 않았고 아직도 버스가 보이면 나는 목을 길게 빼고 도로를 내다보고는 한다.

그러는 동안, 내 몸속에 들어앉았던 그리움이란 감정이 슬슬 궁둥이를 뒤로 빼면서 다르게 변해가는 것을 느꼈다. 엄마를 생각하며 들숨을 쉴 때마다 감정은 이상하게 변해간다. 나는 이 감정변화에 이름을 붙였다.

'분노의 풍선 불기.'

분노가 풍선처럼 커지면서 피를 타고 돌기 시작하면 누군가를 죽여 버리고 싶은 증오가 분수처럼 솟아올랐다. 사람들은 그러면 착한 아이가 될 수 없다고 말하겠지만 나는 착한 아이보다는 살아남는 아이가 되고 싶다.

오주와 나는 빨래를 헹궈서 큰 바위 위에 죽 널었다. 팬티와 양말이 햇빛에 구워지고 있다. 따뜻한 햇볕을 쬐며 오주와 바위 위에 등을 대고 누웠다. 개울가 양옆으로 수풀이 우거져서 그늘이 내려앉았다.

이 바위 위에서 오주를 깔아뭉개던 날이 생각났다.

"너의 엄마, 바람나서 도망갔다며?"

오주의 말이 내 핏줄을 건드렸다. 나는 오주의 배에 올라타고 앉아 머리채를 휘어잡고는 두들겨 팼다. 내 손에는 오주의 머리 칼이 한 줌 쥐어 있었다. 그때 내게 종구의 쇠사슬이 있었더라면 오주 년을 쇠사슬로 목을 감아 버렸을 것이다.

눈앞에 햇빛이 요동을 친다. 아찔했다. 순한 짐승이 포만감을 즐기듯 잠이 올 것 같았다.

"여름아, 너 종구한테 이런 거 얻었어?"

오주가 내게 물었다.

"아니, 뭔데?"

"종구가 총알에 구리줄을 끼워서 목걸이를 만들어줬어."

오주가 누운 채로 목걸이를 내 눈앞에 들어 보였다. 그것은 아래쪽이 뾰족한 총알을 반짝반짝 갈아 구리줄을 끼운 목걸이였다.

오! 눈부신 무기여, 보석이여!

이 마을에는 군부대가 많고 훈련장이 군데군데 있어서 사내아이들은 훈련장 부근에서 탄피를 주워 고물상에다 팔아 돈을 벌었다. 그 아이들이 탄피와 총알을 분리해서 반지도 만들고 목걸이도 만드는 것을 본 적이 있다. 전쟁이 끝난 지 30년이 넘었는데도 아직 탄피가 있다는 게 신기했다.

종구는 매일 큰 군화를 털레털레 신고 다니며 바지가 큰지 허리춤을 자꾸 추켜올리는 애이다. 산수 시간엔 맥을 못 추다가도 산기슭 같은 데서 만나면 똘마니들을 이끌고 탄피를 주우러 다니며 으스대었다. 그런 녀석이 오주에게 목걸이를 만들어 주다니, 갑자기 종구가 대단해 보였다.

"나도 얻을 수 있을까?"

내가 부러운 듯이 말하자, 오주의 서늘한 눈꼬리가 청설모 눈처럼 되면서 슬쩍 눙쳤다.

"글쎄, 아무나 만들어 주진 않을 걸."

나는 약이 올라 얼굴이 잉걸불처럼 달아올랐다. 5학년 2반 단짝 친구 오주가 내 심장을 쑤셔대다니. 사실 나는 목걸이에는 관심도 없지만 오주가 가졌기 때문에 갖고 싶었다.

오주와 빨래를 끝내고 돌아오는 길에 시골 처녀답지 않게 얼굴이 하얀 종희 언니가 날이 어둑해지는 개울가 옆 옥수수밭에서 부스럭 소리를 내며 나타났다. 종희 언니는 나의 먼 친척이다. 나를 보더니 당황한 눈초리가 되어 머리를 바삐 쓰다듬고 밭을 빠져나갔다. 이상한 느낌 때문에 뒤를 돌아보았더니, 어깨에 가방을 멘 군인이 이제 막 옥수수밭 끝자락을 나와 길로 들어서고 있었다. 종희 언니도 엄마처럼 위험한 사랑을 하는 모양이다. 옥수수잎들이 내 생각을 읽었다는 듯 부스럭거렸다.

할머니는 엄마를 화냥년이라고 불렀다. 조선시대 사람들은 중국 오랑캐에 끌려갔다 다시 돌아온 여자들을 그렇게 불렀다고 한다. 환향녀인 그들을 사람들은 화냥년이라고 불렀다. 몸을 망친 여자라고. 그렇지만 할머니는 엄마의 몸속에 흐르는 피를 알지 못한다. 누구든 자기 몸속의 특별한 피의 격려를 받으면 세상의 법칙과는 상관없이 행동하게 되는 것이 아닐까? 물론 나를 버리고 간 엄마를 옹호할 생각은 없다.

집에 돌아오니 흐릿한 알전구 밑에 할머니와 할아버지가 밥을 먹고 있다. 할머니가 밥과 국을 떠서 상 위에 올려놓아 주었다. 고깃국이었다. 국물이 빨갰다. 할머니의 국그릇에도 빨간 국물에 기름기가 둥둥 떠 있다.

"이거 무슨 고기지요?"

할아버지가 짧게 한 마디로 갈무리했다.

"퇴끼 괴기다."

나는 들고 있던 수저를 내팽개쳤다. 우물가로 뛰어가서 웩웩댔다.

"유별 떨기는."

할머니의 말이 탱자 알처럼 날아와 등허리를 때렸다. 눈물이 솟아 나왔다.

나는 토끼장이 있는 울 밑으로 갔다. '영원'이가 없다. 토끼장 안에는 '하루'가 빨간 눈알을 굴리며 먹을 것을 탐하고 있다.

토끼가 죽을 때의 모습을 알고 있다. 다리 살에 상처를 내어 공기 펌프 호스를 꽂고 바람을 넣으면 서서히 껍질이 벗겨지던 토끼의 알몸, 붉은 두 눈알이 앞으로 툭 튀어나오고 이마는 망치로 얻어맞아 푹 삶은 호박처럼 으깨진 토끼의 두 귀를 잡고 서 있던 할아버지의 모습, 그때 할아버지의 입가로 퍼져가던 잔인한 미소를 떠올리자 몸이 떨렸다.

'영원' 없는 '하루'는 어둠의 세계이며 '하루' 없는 '영원'은 거짓

의 세계이다. '영원'이 없으면 '하루'도 없다. 나의 영원한 하루는
부서져 버렸다.

　저녁밥을 굶고 헛간으로 올라갔다. 저녁 빛이 남아 있는 헛간
은 드문드문 흙벽이 떨어져 나가고 지붕 위에는 노란 민들레가
볼록 솟아올라 있다. 헛간 안에는 여름날 쑥불을 놓고 식구가
모여 앉을 수 있는 커다란 멍석, 토끼풀을 뜯어 담을 수 있는 바
구니, 쟁기 등속이 세워져 있다. 헛간은 아이들의 놀이터이기도
하고 들판에서 놀다 비를 만나면 훌륭한 피신처이기도 했다.
　헛간 안쪽에는 쇠 종이 하나 있다. 종을 안아 보았다. 내 팔로
는 다 안을 수 없었다. 시뻘겋게 녹이 슬어 쇠 껍질이 한 켜 한
켜 일어날 것 같은 쇠 종은 아주 오래된 것이었다. 나는 맑은 소
리를 내 보려고 돌로 종을 울려보았으나 둔탁하게 울렸다.
　쟁기와 쟁기 사이에 숨겨 놓은 큰 자루가 머리를 푹 숙이고 있
다. 자루의 입을 벌려 보았더니 탄피였다. 종구네가 탄피를 주
워다가 다 채우지 못하고 세워 둔 모양이었다. 종구 형은 탄피를
줍다가 지뢰를 밟아 다리를 다쳤다. 나는 전에 오주가 목에 걸었
던 목걸이가 생각나 탄피를 하나 꺼내려다 그만두었다. 헛간을
나가다 종구를 만났다. 종구가 잭나이프를 가지고 풀을 툭툭 자
르고 있었다. 토끼풀을 뜯을 때 쓰면 좋겠다는 생각이 들었다.
　"그거 나 주면 안 돼?"
　"이건 계집애들이 쓰는 거 아니야. 탄피로 목걸이 만들어 줄까?"
　"관심없어. 너 산수 안 가르쳐 준다."

나머지 공부로 항상 교실에 남는 종구는 내가 방송반에서 돌아올 때까지 산수 문제로 골머리를 앓고 있었다. 털보 선생님은 문제를 다 풀 때까지 집에 보내주지 않았다. 그럴 때마다 나는 종구의 산수 문제 해결을 도왔다. 산수 공부 얘기를 꺼내자, 종구가 멋쩍은지 풀을 툭 치더니, 잭나이프를 접어 주머니에 집어넣고는 아래로 달리기 시작했다.

나는 종구의 등 뒤에 대고 주먹 감자를 먹였다. 사내자식인 종구는 계집애도 목걸이보다는 잭나이프가 필요할 때가 있다는 사실을 모른다. 종구는 벌써 너무 늙어버렸다.

헛간에서 내려오다 그대로 오주네 집으로 향했다. 오주와 교회에 가기로 했다. 부활절이나 성탄절에는 교회에서 떡이나 과자를 주기 때문에 가지만 오늘 같은 날은 가고 싶은 마음이 들지 않았다. 나는 교회에 흥미가 없으나 교회에 열심히 다니는 오주가 원했기 때문에 가기로 했다.

목사님이 설교를 시작했다. 목사님은 설교내용의 이해를 돕기 위해 두 개의 플라스크에 한쪽엔 검은색 물을, 한쪽엔 맑은 물을 담아 비닐 호스로 양쪽을 연결해 놓았다.

"여러분이 교회에 안 다니는 나쁜 친구와 사귀게 되면 이쪽의 검은 물이 맑은 물을 더럽히는 것처럼 악마의 손아귀에 들어가게 됩니다."

목사님이 손에 쥔 비닐 펌프를 누르자, 검은색 물이 맑은 물

쪽으로 흘러 들어갔다. 악마의 손아귀에 넘어가는 일은 아주 쉬워 보였다.

오주가 얼굴을 옆으로 돌려 흘끔 나를 쳐다보았다. 불안해 보이는 얼굴이었다. '착하다'와 '나쁘다'는 어른들이 아이들을 쉽게 다루기 위해 나누어 놓은 단순한 기준이라는 것을 오주는 알지 못하는 것 같았다. 엉뚱하게도 나는 두 대의 플라스크 병을 바라보면서 두 사람을 생각했다. 할아버지와 엄마. 둘 다 곤란한 사람들이다. 곤란에 곤란이 겹쳐 있다.

〈오주 상회〉가 보였다. 도로 입구에 사는 오주네는 엄마, 아빠가 군인들을 상대로 명찰을 만들고, 계급장을 달거나 군복을 수선해 주는 일을 했다. 선반에는 음료수와 과자, 술들을 놓고 팔았다. 그곳에는 늘 군인들이 득실거렸다. 몇몇 군인들은 모포, 군화, 군복을 몰래 가지고 나와 물물교환을 하기도 했다. 그 물건들은 필요로 하는 다른 군인들에게 암거래되었다. 하루에 한 번씩 공문서를 가지러 연대를 드나드는 행정병들은 〈오주 상회〉를 자기 집 드나들 듯했다. 군인들은 밤에 보초를 서다가도 술 생각이 나면 〈오주 상회〉로 내려오곤 했다.

면회 온 도시 여자들이 좁은 가게에 의자를 놓고 앉아 군인들을 기다렸다. 그럴 때면 〈오주 상회〉는 구름 속에서 펑 하고 나타나 공중에 떠 오른 유쾌한 성곽 같았다. 지루하고 건조하던 가게의 분위기가 한순간에 피어나는 글라디올러스처럼 화려하게 너울거렸다. 늘 가게 문 앞에서 도로를 바라보던 오주 아빠는 시외버스가 먼지를 일으키며 다가올 때면 잠시 일손을 멈추고 눈을 들어 버스가 내려놓은 손님을 흥미롭게 지켜보곤 했다.

손님이 가게로 들어와 앉아 얘기를 풀어 놓을 때면 재봉틀을 둘둘 돌리던 오주 아빠는 도시 소식에 귀를 기울였다. 과자나 술병에 앉은 먼지를 닦던 오주 엄마도 바짝 다가앉아 공기놀이처럼 주고받는 대화를 즐겼다.

"어머, 신기해라. 여기와는 영판 다르군요."

오주 엄마의 말이 풍선을 달고 가게 안을 날아다녔다. 면회 온 여자들은 도시의 낯선 이야기를 반죽하여 이스트 넣은 빵처럼 부풀려 놓았다. 시간과 시간은 금세 이마를 맞대고는 지나가 버렸다.

터질 듯한 웃음을 꽈리처럼 물고 모자를 벗어든 군인 아저씨가 나타나면 면회 온 여자들은 도시의 이야기에서 얼른 발을 빼고 뛰쳐나갔다. 그들은 손을 맞잡고 빙그르르 돌거나, 여자가 군인 아저씨의 모자를 씌워주며 아저씨의 품에 안겼다. 멋진 영화를 본 것처럼 환상적이었다.

늘 허기져 있는 나에게 〈오주 상회〉는 도리깨침을 삼키게 하는 보물창고였다. 그 달콤하고 톡 쏘는 칠성 사이다며 눈깔사탕, 뽀빠이, 자야, 고무과자, 쫄쫄이 같은 과자들이 나를 매혹 시켰다. 도시에서는 눈길도 안 가던 과자들이 이곳에서는 나를 끌어당겼다. 오주 아빠는 군인들을 상대로 물건을 파는 사람이라 그런지 퍽 친절했다. 눈칫밥으로 하루하루를 견디는 나는 오주네 집이 정말 좋았다. 가끔 손님이 마시다 남은 칠성 사이다를 오주 엄마가 따라 주기도 했지만 나는 마시지 않았다. 아무리 먹고 싶어도 남이 먹다 남긴 것을 먹고 싶지는 않았다.

머지않아 오주네가 도시로 이사한다고 했다. 오주를 완벽하게 좋아하지는 않으나 이별을 생각하면 허전하고 쓸쓸했다. 무엇보다 〈오주 상회〉에 갈 수 없다는 사실이 슬펐다.

나는 학교에서 방송반 활동을 한다. 방송 원고를 써서 하루 세 번 방송 하는 이 일을 정말 좋아한다. 요즘 같은 여름, 미루나무잎이 반짝이고 햇살이 밝은 날, 아침 일찍 방송실에서 아나운서로 방송을 하는 기분은 나를 특별하게 했다.

우리 학교에 교육청에서 손님이 온다고 방송반 유니폼을 사입으라고 했다. 나는 할머니에게 얘기해봐야 소용이 없을거라고 생각해서 아예 말조차 하지 않았다. 학교에 손님이 온 날, 나는 유니폼이 없어 방송실에 갈 수 없었다. 유난히 학교 안의 미루나무가 푸르던 날이었다.

집에 오니, 할머니가 가방 안에 깊숙이 간직했던 내 스케이트를 쓸모없다고 버렸다. 내게 그 스케이트는 가장 빛나고 사치스럽고 평화로웠던 시절의 트로피였다.

아빠와 나는 솜사탕 같은 구름을 머리에 인 포플러 나무가 물가에 발을 적시고 서 있는 강가로 자주 나갔다. 여름이면 어항을 놓아 어죽을 끓여 먹었고 겨울에는 아빠와 스케이트를 탔다. 시간이 갈수록 기억은 또렷하지만 내가 사랑하는 것들은 점점 나를 떠난다.

혼자 남은 '하루'는 더 왕성하게 식욕이 늘어갔다. 오물거리는 '하루'의 입을 쳐다보며 나는 '미음, 미음, 미음'하고 소리를 냈다. '하루'가 앞발을 치켜들었다. 토끼장을 열고 '하루'를 꺼내 안아주었다. 손으로 '하루'의 털을 쓸어내렸다. 몽실한 털의 촉감이 부드럽다. 내가 원하는 세상은 이렇게 폭신하고 보드라운 곳이다.

며칠 전. 깊은 잠에 빠져 있었다. 누군가 마구 흔드는 손목의 힘에 이끌려 일어나 앉았다. 나를 깨운 사람은 할머니였다. 아랫방에 할아버지가 깨실까 봐 말을 하지 않는 눈치였다. 촛불이 희미하게 흔들렸다. 촛불은 주위의 고요를 빨아들여 타올랐다. 나는 그저 놀란 얼굴로 엄마를 쳐다보았다. 할아버지의 기침 소리가 한두 번 들렸다. 엄마의 눈빛이 불안하게 흔들렸다. 엄마의 양말은 물에 빠져 젖어 있었다. 뒷문을 통해 들어오다 미나리꽝에 빠진 모양이다. 엄마는 젖은 양말을 벗을 생각도 하지 않고 아무 말이 없었다. 놀란 눈으로 엄마를 바라보고 있는 내 마음속은 늦게 온 엄마에 대한 분노와 이제는 이곳을 떠날 수 있다는 설렘이 뒤엉켜 시끄러웠으나 곧 마음이 즐거워졌다.
내일은 엄마를 따라나설 수 있겠다고 생각했다. 이제, 털보 선생님과 오주를 볼 수 없고 방송반 활동도 할 수 없는 것이 서운해졌다. '하루', '하루'를 두고 가는 일이 마음 아팠다. 내일은 '하루'를 산속에 놓아 주어야겠다.
엄마가 눈짓으로 나에게 누우라고 했다. 내 가슴은 할아버지가 일어날까 뜨거운 철판 위에 튀는 콩처럼 콩닥거렸다. 무슨 말이라도 할 것 같았지만 엄마는 내내 말이 없었다. 엄마가 나를 두고 갈까 봐 다시 두려워졌다. 엄마는 옷을 입은 채 누워 이불을 끌어당겨 덮어 주었다. 어느 밤보다도 포근했다. 세상은 아무렇게 돌아가도 상관없었다.

눈을 뜨니 아침이었다. 급히 엄마가 누웠던 자리를 보았다. 흔적도 없었다. 벌떡 일어났다. 뒤 툇마루로 나왔더니, 양말 한 짝이 마루 끝에 걸쳐져서 나를 물끄러미 바라보고 있었다. 양말은 앞코에서부터 뒤축까지 흙물로 물들어 있었다. 엄마의 양말이었다. 지난밤 급히 찾아오느라고 미나리꽝에 빠졌고 오늘 아침 할아버지의 눈을 피해 급히 나가느라 채 신지도 못하고 떨어뜨린 양말이었다. 나는 흙물이 짙게 물든 그 양말을 한참 바라보았다. 영원히 지워지지 않을 것 같은 흙물이 든 양말을. 나를 난도질해 놓고 엄마는 사라졌다.

털보 선생님은 늘 내게 책 읽기와 글쓰기를 하도록 격려했다. 아이들이 돌아간 교실, 선생님은 잡무를 처리하고 나는 유리창 옆의 의자에 앉아 글을 썼다. 학교 정원에는 미루나무 잎들이 오후의 햇빛을 받아 반짝이며 팔랑거리고 있었다.
학교 정원에는 내 증조부를 기리는 비석이 세워져 있다. 증조부는 일본 식민지 시대에 학교를 지을 땅을 기증한 사람으로 해마다 교육청 주관으로 기념식을 한다. 아이들이 운동장 가득 서서 기념식을 하고 떡을 받았다. 나는 그의 증손녀인데 매일 밤 할아버지의 술주정을 피해 숨어다닌다. 사람들은 나를 그의 증손녀라고 보기보다는 바람 난 엄마가 버리고 간 아이라고 무시한다.

글을 쓰는 내내 내가 그의 증손녀일 리가 없다고 생각한다. 혼돈과 모순이 내 인생에 개입하고 있는 데도 어린 나는 눈치채지 못한다. 나는 나만의 세계에서 고요하고 행복한 감정을 느끼며 읽고 쓰는 것을 사랑한다. 내가 도착하고 싶은 세상은 영원히 아름다운 하루다. 선생님은 읽을 책을 빌려주었다. 책에는 고단한 인생 흔적이 남아 있었다.

군 백일장에서 상을 받았다. 나는 상장을 제일 먼저 꺼낼 수 있도록 책가방 앞쪽에 넣고 집으로 갔다. 아궁이에 불을 넣던 할머니와 마루에 앉아 있던 할아버지에게 상장을 보였다. 그들이 나를 한껏 추켜 세워주기를 기대한 내 얼굴은 상기되어 있었다. 차츰 나는 우울해졌다. 상장을 본 그들은 어둡고 약간은 화가 난 표정이다. 왜? 난 곧 그들의 표정을 이해했다. '계집애가' 할아버지의 목소리가 들리고 집은 내려앉았다.

털보 선생님이 다음 학기에 도시로 학교를 옮긴다고 한다. 내 몸은 힘이 없고 어지럽다. 나는 나를 망가뜨리고 싶다. 마을에 있는 가발공장 아저씨가 푸른빛이 도는 검은 내 머리칼을 탐내며 돈을 많이 주겠다고 했었다. 나는 내 머리칼을 절대 팔지 않았다. 하지만 지금은 삭발이라도 하고 싶은 심정이다.

머리칼을 자르겠다고 가발공장 아저씨에게 말했다. 아저씨가 의자에 앉으라고 했다. 가발공장 언니가 내 머리카락을 잘랐다. 검은 머리칼이 땅으로 떨어졌다. 검은 울음이 뚝뚝 떨어지며 땅을 덮었다.

"상큼하네"

내 마음을 알 리 없는 언니가 말했다. 언니가 내 모습을 보라며 거울을 주었다. 그동안 긴 머리에 익숙해 있어 낯설고 멍청해 보였다. 나는 거울 속에서 눈을 부릅떴다. 독해 보였다. 마음에 들었다. 담 위의 능소화가 거울 안으로 들어와 압도적으로 빛났다.

아저씨가 머리칼 값을 주었다. 털보 선생님과 오주에게 줄 선물을 사야겠다. 나는 선물을 주는 것과 받는 것을 좋아한다. 아무런 대가 없이 나누는 선물만큼 신나는 것은 없다.

단발머리를 한 나는 헛간으로 올라갔다. 흙벽에서 '푸석' 소리를 내며 흙이 떨어졌다. 종을 울리지도 쓰다듬지도 않았다. 이제 그런 일은 나에게 시들한 일일 뿐이다. 늘 있던 종구의 포대자루는 보이지 않았다. 종구가 총알에 구리줄을 끼워 만든 목걸이를 얻겠다고 생각했었지만 이젠 끝난 일이다. 세워져 있는 명석을 걷어찼고 바닥에 있는 큰 돌멩이로 종을 깨 버릴 듯이 탕탕 쳤다. 희망이 무너지고 나면 눈앞에 보이는 것은 무엇이든 파괴하고 싶어지는 법이다.

'하루', '하루'가 생각났다. 내가 거두어야 할 사랑하는 존재지만 지금 나는 아무런 힘이 없다. 다른 때 같으면 토끼풀을 뜯어 집으로 돌아갔을 것이다. 토끼풀을 뜯어야 하겠지만 그렇게 하고 싶지 않다. 토끼도 굶을 수 있다. 사랑을 잃은 존재는 아무것도 할 수 없다. 나는 이제 사람을 믿지 않는다. 산산 조각 난 마음은 송곳처럼 나를 쑤셔댄다. 나는 어떻게 나를 지탱할 수 있을까.

더위가 생물의 기운을 빼앗아가는 한여름 밤이다. 할아버지가 시렁 위의 낫을 빼 들고 쫓아왔다. 나는 뒤란으로 줄행랑을 쳤다. 뒤주 속에 엎드려 숨을 죽이자 눈물이 쌀 위로 번졌다. 몸을 쌀 속에 파묻었다. 사타구니로 쌀알이 기어들었다. 퀴퀴한 밀실의 냄새가 콧속을 후볐다.

"이 여우같은 년, 지 에밀 닮아서"

할아버지의 성난 목소리가 뒤주를 울린다. 몸이 굳는다. 슬픈 몸을 벌레처럼 웅크리고 어둠 속으로 기어들었다.

내게 닥친 이 불행이 무엇인지 생각했다. 털보 선생님은 잘 표현된 불행은 더는 불행이 아니라고 하면서 글 쓰는 일을 게을리하지 말라고 했다. 글을 쓰는 사람은 신의 편이 아니라 악마의 편이며, 도덕의 편이 아니라 진실의 편이라고도 했다. 글을 쓰는 행위는 '나를 없애고 불멸의 길로 들어서는 것'이라고 했다. 무슨 말인지 잘 모르겠다. 그중에서 자신의 인생을 글로 쓰면 다시 한번 그 인생을 사는 것과 같다는 말은 참 좋았다.

글 쓰는 사람이 되고 싶다. 내가 만난 이 모든 불행한 감정들을 투명하게 표현하고 싶다. 한 톨의 거짓 없이 나의 불행을 증언할 것이다. 언젠가 내 불행의 조각들을 가지고 빛나는 존재의 집을 지을 것이다. 이 부서진 하루를 영원한 하루로 만들 것이다.

"이 찢어죽일 년."

나는 악마에게 빌었다. 별을 박살내 달라고, 밤이 없는 여름을 달라고, 어서 이곳을 떠나게 해 달라고.

"이 년이 어디 숨어 있는거야, 불을 확 질러 버릴까부다."

더운 바람은 숲으로 몰려가 대나무 잎을 흔들며 비를 뿌린다. 대나무 잎이 몸을 비비며 소리 지른다.

우르르
여름이 부서져 내리고 있다.

루르마랭 워크숍

지중해 니스 해변에 도착했을 때, 태양은 견딜 수 없게 뜨겁고 찬란했다. 뜨거운 자갈 해변에는 태양을 향해 누워있는 사람들, 자신이 살던 곳으로부터 떠나왔다는 것을 확인하려는 듯 수평선을 주시하고 있는 사람들로 붐볐다. 선탠하는 사람들의 몸이 번들거리고 반짝였다. 몸집이 큰 남자의 통화하는 소리가 고요한 시선을 흐트러뜨렸다.

물에 떠 바다를 즐기고 있는 실비아는 니스 해변의 모든 것과 멋진 조화를 이루었다. 바닷속에서 육체의 환희를 즐기던 뫼르소와 마리가 연상되었다. 알제리의 해변도 이리 뜨거웠을 것이다. 실비아의 목소리가 〈이방인〉 속으로 들어가 있던 나를 깨웠다.

"빨리 들어가 봐요. 지중해의 품이 얼마나 격정적인가 알게 될 걸요."

물속에서 나온 실비아가 나를 보고 말했다. 탄력 있는 몸매에 달린 물방울이 구슬처럼 흘러내렸고 브리프만을 걸친 그녀의 상체에는 아름다운 유방이 샹들리에처럼 빛났다.

　"유학 시절엔 시간이 날 때마다 친구들과 같이 와서 수영을 즐겼죠. 그땐 나체로 수영을 했어요. 남녀 모두 함께 바닷속을 헤엄쳐 나가면 위험 속에서의 쾌감이 우리를 더 앞으로 밀어내곤 했지요."

　"너무 좋았겠어요."

　나는 부러움을 담아 말했다.

　"그 무리 안에 내 남편이 있었죠. 전남편요. 우리는 개방 결혼을 했어요. 서로의 사생활은 터치하지 않는다는 조건이었죠. 그래서 다른 사람과의 섹스도 고백할 수 있다고 믿었어요. 우리는 자신이 있었어요. 서로를 완벽한 단독자로 받아들이고 서로의 거리를, 사랑하는 관계를 창조할 자신이 있었죠. 우리에겐 사르트르, 보봐르, 프로이트, 사드, 조르주 바타유가 있었으니까요."

　실비아가 비치가운을 걸치고 앉아 버지니아 슬림에 불을 붙였다. 작열하는 태양과 담배를 입에 문 실비아는 에곤 실레의 그림처럼 관능적이었다.

　"오해였어요. 마초의 역사를 물려받은 한국 남자가 아내의 정사를 아무런 증오감 없이 받아들이리라고 생각했던 내가 오해했던 거죠. 전남편은 아주 지적이고 리버럴한 남자였죠. 게다가 우수에 찬 표정까지 매력을 넘어 마력적이었어요."

　나는 자신의 과거를 백화점에서 사 온 물건을 자랑하듯 얘기하는 실비아의 태도를 보며, 이게 지적인 힘이라고 생각했다.

"담당 교수와의 하룻밤 정사 때문에 모두 물거품이 되었죠. 스스로 개방적이라고 생각했지만 내 고백을 듣는 순간 남편은 우리 관계를 박살 내 버렸어요. 분노로 가득 찬 남편의 입에서 나온 말은, '창녀'였어요. 그 말 속에 담긴 그의 편파적이고 조급한 판단, 극적으로 내달림으로써 상대방을 제압하려는 저질스러운 욕망을 엿본 나는 그를 떠났어요. 그 뒤 나는 쭉 혼자 살았지요. 결혼생활을 성공적으로 수행하고 있는 사람들을 보면 난 그들이 그 틀을 유지하기 위해 얼마나 서로를 견디고 있는가 하는 생각이 들어요. 추 시인은 어때요?"

"글쎄요, 전 성공적이지 못해요. 이젠 혼자 시를 쓰고 싶어요. 결혼생활의 에너지를 시에 쏟아붓고 싶어요."

"브라보! 이제 아셨네. 남자에게 결혼은 집에 두고 온 장독 같은 거죠. 당장 필요하진 않지만 있으면 든든한. 여자에게 결혼은 피 보기예요. 뼈를 갈아 넣어 집을 지은 다음 자신은 빈껍데기가 되는 것. 그런 거죠. 모두 이혼이 필요한 건 아니지만, 결혼생활이 맞지 않는 사람이 굳이 시체 같은 관계를 위해 자신의 인생을 허비할 필요는 없다고 생각해요."

"하지만 혼자가 된다는 게 그리 간단한 문제는 아니에요. 남편의 재정적 동의도 필요하니까요."

"그래요, 잘 되길 빌어요. 재정은 정말 필요한 문제죠. 혼자 사는 여자에겐 특히."

실비아의 담배 연기가 내 뺨을 스쳤다. 나는 내게 자신을 표현

할, 예를 들어 - 담배를 피우는 - 다른 자아가 없다는 게 싫었다.

해변 숙소의 테라스는 지중해의 환상적인 풍경을 선사했다. 나와 실비아는 숙소 앞 로컬 마켓에서 바게트와 납작 복숭아와 내추럴와인과 샐러드용 채소, 살라미, 치즈, 버터, 올리브를 샀고 라벤더꽃도 한 다발 샀다.

나는 주방에 가서 살라미와 샐러드 채소, 치즈, 올리브를 바게트 안에 넣어 샌드위치를 만들었고 실비아는 커피를 내렸다. 나와 실비아는 테라스에서 지중해의 일몰을 보며 식사를 했다.

핑크빛으로 물들고 있는 바다는 지중해에 와 있다는 또렷한 감각을 선사했다. 실비아가 자클린 뒤프레의 첼로 E 마이너를 플레이했고 일몰은 내 가슴에서 전율했다.

"이런 전율의 순간에 시를 쓸 것 같지만 그렇지는 않아요. 지나간 후에라야 시가 오더라고요, 제 경우는. 추 시인은 어때요? 이런 순간에 영감이 막 밀려온다든가 하는."

샌드위치를 한 입 베어 물고 커피를 마신 실비아가 나를 쳐다보았다.

"사실 전 영감이 어떻게 오는지 모르겠어요. 시를 더 많이 써야 하겠지만. 하룻밤에 시 한 편을 완성해 본 적은 있었어요. 그 새벽엔 분명히 누군가 찾아왔다는 것을 느끼기는 했어요."

"이런 얘기가 있긴 하죠. 아마추어는 영감을 기다리고 프로는 일한다. 전 이렇게 말하고 싶어요. 진지한 작가는 영감과 친밀하고, 항상 엉덩이를 의자에 붙이고 일한다."

나는 샌드위치 안의 올리브 맛을 느끼면서 커피를 한 모금 마셨다. 핑크빛 일몰은 이젠 짙은 보랏빛으로 하늘을 물들이고 있었다. 바다는 그 밑에서 비밀을 간직한 채 엎드려 첼로 선율에 떨고 있었다.

"시를 쓰는 일이 저의 유일한 노동이길 바라요. 하루 시간이 조각 나는 게 이젠 무엇보다 싫어요. 마흔 살이 되었을 때, 애인이 있었으면 좋겠다는 생각을 했어요. 제 얘기를 들어주는 사람이 어딘가에 있다고 생각하고 그를 그리워했었지요."

"남자들이 제일 싫어하는 여자가 글 쓰는 여자라는 거 아시죠? 추 시인도 불타는 글 지옥에 떨어졌으니 어쩔 수 없이 연옥을 지나 천국에 도착하도록 노력해야 해요. 베르길리우스, 베아트리체 같은 안내자가 있다면 축복이겠지만. 사랑을 갈구하기보다는 사랑을 해명해야 하는 사역을 짊어진 자가 되는 거죠."

"사실 전 두려워요."

"악마는 여러 곳에 있어요. 메피스토펠레스에게 영혼을 팔지만 않으면 되죠. 그러려면 엉덩이를 의자에 붙이고 어깨가 떡이 되도록 쓰는 수밖에요. 그게 지옥을 벗어나는 길이죠. 자크 데리다의 말처럼 사면되기 위해 매일 써야 하는 존재죠. 시인이란."

실비아가 안으로 들어가서 와인과 치즈를 가져왔다.

"일몰을 위해."

"일몰을 위해."

와인을 목으로 넘기고 치즈 한 조각을 집어 먹었다.

"전남편을 만난 적이 있어요. 전남편은 독일에서 결혼해 살고 있는데 한국에 왔다가 덕수궁 근대 미술전에서 우연히 저랑 마주쳤어요. 자신을 닮은 어린 아들과 청순해 보이는 아내와 함께였는데, 나는 너무 반가운 나머지 거의 그의 품에 안기다시피 다가갔어요. 내가 나를 배신한 거죠. 몸을 빼는 전남편을 바라보는 순간, 얼어붙었죠. 사무적인 태도로 아들과 아내에게 나를 소개하는 전남편은 퍽 낯설었어요. 정상 가정이 주는 배타적인 분위기에 나는 움찔했고 우리는 그렇게 헤어졌어요. 그들이 그곳을 떠난 뒤, 나는 온몸에 힘이 빠졌어요.

그동안 나를 지탱했던 믿음, 적어도 서로에 대한 인간적인 애정만은 존재하리라고 생각했던 것. 그것이 잘못되었다는 확인이 주는 아픔이 바늘처럼 내 핏속을 돌아다니며 찔러댔어요. 그의 우아한 가정에 대한 질투도 견디기 어려웠죠.

그를 완벽하게 잃었다는 아픔 때문에 나는 맨정신으로 버티기 어려웠어요. 집에 있던 레미마르탱 한 병을 다 들이부어도 내장은 녹지 않았죠. 시도 쓸 수 없었어요. 사랑하는 사람을 완전히 잃는다는 것은 인생의 한 부분을 거세당하는 것과 같아요. 그의 냉담하던 눈길이 오랫동안 꿈자리를 얼어붙게 했어요."

실비아의 표정은 비극 무대에 선 배우처럼 슬퍼 보였다.

"전 선을 보고. 조건이 나쁘지 않아 결혼했는데 인생을 뒤흔들 아픔의 추억은 애써 잊으려 했네요."

나의 깊은 속에서 덩어리 같은 것이 올라왔다. 늪이, 잊고 있던 늪이 출렁이기 시작했고 눈물이 후드득 떨어졌다.

"설마, 제 사랑 타령 때문은 아니죠?"

나는 고개를 가로저었다.

"제 인생이 싫어서요. 대체 저는 왜 결혼에 그토록 메어 있었던 걸까요. 발정기의 짝짓기대회 같은 결혼 시장에 내 인생을 던져버렸다는 한심한 생각이 드네요. 제가 뭘 좋아하는지도 모른 채, 남편과 아이 뒤꽁무니를 쫓아다니며 인습적인 엄마, 아내 역할을 해내느라 저를 돌보지 않았다는 저에 대한 미안함을 이제야 느껴요."

"추 시인이 좋아지려 하네요. 지옥에 도착했으나 이 지옥은 천국으로 가는 입구예요. 티켓이 주어진 거죠. 그 늪 안에 보물이 있을 거예요. 거기서 불멸의 것들을 찾아내야죠."

실비아와 나는 서로의 잔을 들어 건배했다.

"불멸을 위하여."

나는 등단은 했으나 청탁도 없는, 작품도 써지지 않았던 지난 시간이 떠올라 얼굴을 찡그렸다. 고통과 불안으로 가득 찬 시간이었다.

남프랑스 루르마랭에서 열리는 작가 워크숍에 참가 신청을 했던 나는 작가협회로부터 워크숍 참가 작가로 선정되었다는 이메일을 받았다. 등단 10년 이하의 작가들만 신청이 가능했던 이 행사는 작가들의 치열한 경쟁이 예상되었다. 4박 5일 동안 숙박과 비행기 티켓이 무료로 제공된다는 사실만으로도 환상적이었다. 시 스무 편을 첨부해야 했고 외국 작가들과 소통할 수 있는 영어 회화능력이 있으면 신청자격이 주어졌다. 나는 사이

버 대학 영어 강좌를 꾸준히 들어 온 터라, 유창하지는 못해도 소통에는 큰 문제가 없었다. 워크숍에 참가 작가로 선정됐다는 메일을 받은 나의 입에서는 아아, 하는 탄성이 터져 나왔고 행운을 거머쥔 순간, 거장의 반열에나 오른 듯 기뻤다.

지방신문 신춘문예를 통해 등단한 나는 등단한 지 삼 년이 되었으나 아직 시집 한 권 내지 못한 시인이었다.

"출판한 책이 없는 작가는 작가도 아니야."

내 선배는 등단 이십 년 만에 겨우 한 권의 시집을 냈으면서도 나를 깔보듯 말했다. 문학에 대한 나의 야망을 알지도 못하면서. 시에 대한 악마적 강박감이 내 속에서 어떻게 들끓고 있는지 알지도 못하면서 나를 무시했다.

루르마랭 워크숍에는 중견작가 한 명과 동행하게 되어 있었다. 민 실비아. 동행할 중견 시인의 이름이었다. 처음에 나는 이 시인의 이름이 세례명인가 했다. 후에 그녀를 통해 실비아 플라스를 좋아해서 갖게 된 필명이라는 것을 알았다. 나는 그녀와 통화를 했다. 실비아는 나와 비슷한 나이였으며 프로방스에서 유학한 시인이며 대학교수였다. 실비아는 자신이 루르마랭을 특별히 사랑하며 자신의 박사학위 논문이 <실비아 플라스의 시에 나타난 분노와 죽음의 세계>였다고 했다. 나는 실비아 플라스의 <대디>라는 강력한 시를 읽었고 그녀가 가스 오븐에 머리를 처박고 죽었다는 것을 알고 있었다.

여행 일정을 짜야 하니 한번 만나자는 실비아의 말에 내가 그
녀 쪽으로 움직이겠다고 했다. 한 시간 반 동안 전철을 타고서
야 강남역에서 내렸고 카톨릭병원 맞은편의 서래마을을 찾을
수 있었다. 서래. 프랑스에서 온 사람들이 모여 살기 시작하면
서 붙여진 이름. 나는 운율이 있는 듯한 이 마을의 이름이 좋았
다. 골목길 옆에 있는 카페에는 묵직한 코헨의 목소리가 낮게
깔리고 있었다. 카페 안을 둘러보았다. 벽에 걸린 아랍풍의 태
피스트리가 인상적이었고 황야의 무법자에 나올 법한 카우보이
모자를 쓴 배우의 흑백사진이 걸려 있었다.

"늦었죠."

"저도 이제 막 왔는걸요."

검은 롱드레스에 슬리퍼를 끌고 나온 실비아를 쳐다보았다.
실비아는 옆집에 놀러 온 듯이 소파에 앉았고 호기심 어린 눈으
로 나를 바라보았다. 면바지에 티셔츠 차림인 나는 첫 대면 자
리에 너무 단순한 차림은 아닌가, 내가 아끼는 다크 퍼플 원피
스를 입고 왔더라면 좋았을 것이라는 생각을 했다.

"같이 가게 되어 기뻐요. 제가 실생활에는 워낙 젬병이라."

"저도 어설프기는 마찬가지인데요."

"주부 구단이시잖아요. 루르마랭 워크숍과 여행계획은 저한
테 맡기시고 경비관리는 추 시인이 해 주세요, 아 참, 햄버거 괜
찮으시죠, 커피 한잔하고, 제가 주문을 넣고 올게요."

실비아가 일어서기도 전에 종업원이 그녀 옆에 와 섰다.

"교수님"

"햄버거 두 개, 커피 두 잔."

"블랙이시죠."

종업원이 물었다.

"전 약간의 설탕을 넣어 주세요."

내가 말했다.

"운전하시나요?"

"운전대를 잡으면 신이 나죠."

실비아가 박수를 쳤다.

"브라보, 우리 차를 렌트 합시다. 가는 길에 칸에도 들르고 카뮈 묘지에도 가 보는 거죠."

"외국에서 운전해 본 경험이 없어서 걱정되네요."

"시인의 모험엔 두려움이 끼어들 새가 없어요."

종업원이 햄버거와 커피와 설탕통을 테이블 위에 내려놓았다. 나는 커피에 약간의 설탕을 넣고 마셨다. 배가 고팠다. 햄버거를 한입 베어 물었다. 실비아의 깨끗한 얼굴 위의 가지런한 치아와 머루알 같은 검은 눈망울이 그녀의 현재 위상을 알려 주고 있었다.

"제가 오래 머무를 시간은 없네요. 오후 강의가 있어서 곧 들어가 봐야 해요. 여행계획은 제가 만들어 이메일로 보낼게요. 아무래도 제가 프로방스에 오래 체류했었으니까 그쪽은 잘 알지요."

"네. 그렇게 하세요. 고맙습니다."

"천천히 드세요."

나는 허기진 위장에다 햄버거를 급하게 씹어 넘기면서 실비
아의 여행에 관한 의견에 전적인 동의를 표했다. 한편으로는 검
은 롱드레스를 장만하고 싶다는 엉뚱한 생각에 사로잡혔다.

이번 기회에 프로방스를 다 돌아보고 싶었다. 남편과의 해외
여행은 늘 여행사에서 짜 놓은 대로 움직여야 했다. 남편은 편
한 여행을 좋아했고 떼거지로 몰려다니는 여행에 환호했다. 내
가 둘만의 남다른 여행을 하고 싶다고 말하면 남편은 '둘이서만
가면 무슨 재미야.' 나도 물론 그 말을 하고 싶었다. '그래, 너하
고 가는 여행이 무슨 재미가 있겠니.' 기러기 떼의 소란스러움이
싫었던 나는 휘파람새처럼 단독자의 삶을 살아가고 싶었다.

실비아가 이메일로 여행계획을 보내왔다. 니스, 아비뇽, 루르
마랭, 아를, 고흐드, 세뜨, 칸. 실비아의 계획은 개성적이며 창의
적이었다. 니스에서 수영하기, 아비뇽 론강 상류로 가는 배 위
에서 일몰 감상하기, 아를에서 고흐 느끼기, 세뜨해변의 묘지에
서 폴 발레리의 시 낭송하기, 칸의 바닷가 모래사장에서 커피
마시기.

나는 시구 같기도 한 실비아의 여행계획서를 출력하여 한참
을 들여다보았다. 이국적인 장소와 시적인 여행계획이 마음을
들뜨게 했다.

실비아와 나는 프로방스를 돌아본 다음 루르마랭 워크숍에
참가하기로 했다. 루르마랭 워크숍을 마치고 움직이고 싶었으
나, 실비아의 일정에 맞추어 먼저 프로방스를 돌아보기로 했다.

이래도 저래도 좋았다. 오히려 좋은 안내자가 있어 다행이라고 생각했다.

워크숍에서는 자신의 작품을 낭독하는 시간이 있어 시 한 편을 준비해 가야 했다. 내 시 중에서 〈수치가 소녀를 들어 올린다〉를 낭송할 예정이었다. 냉장고 안에 밑반찬을 해 넣는 틈틈이 시를 낭송해 보았다. 마지막 부분을 다 낭송하고 나니 심장에서 요동치던 늪이 강한 에너지로 바뀌는 기운을 감지했다.

마흔 살이 되어 나는 〈중세의 가을〉이란 인문학 모임에 나가 공부를 하기 시작했다. 대학보다 제도권 밖에서 더 열렬하게 인문학을 요구하는 목소리 때문에 많은 강좌가 열려 있었다. 나는 그곳에서 철학을 공부했고 그리스 비극을 비롯해 거장들의 문학을 공부했다. 비어 있던 마음이 서서히 차올랐다. 특히 거리의 인문학인 홈 리스를 위한 인문학 강좌는 인간에게 한 그릇의 밥보다도 자존감이 얼마나 중요한지 알려 주었다. 그런 나를 남편은 비웃었다.

"지금 이 시대에 인문학이 무슨 소용이야. 주식 공부나 해. 노후에 도움이 되게."

남편의 천박한 의견에 대꾸하지 않았다. 남편이 내 노후를 주식이 해결해 주리라고 생각한 건 넌센스였다.

나는 집안일에 막대한 에너지를 쏟아부었다. 마흔둘. 남편의 바지를 사러 백화점을 가는 도중에 버스 창가에 기대어 눈물을 흘리고 있는 자신을 발견하기까지는 결혼생활은 안정적이었다.

심장에 자리한 허무의 늪은 목까지 차올랐다. 백화점 매장에서 바지를 고르는 동안에도 흐르는 눈물을 주체할 수 없었다. 눈알은 벌겋게 부어올랐고 바지를 사 들고 에스컬레이터에 오른 나는 고개를 처박고 목을 꺾어버리고 싶었다.

그날 밤에 남편에게 늪에 대해 말했다. 남편의 성긴 감성은 늪이 무얼 말하는지 알지 못했다. 남편은 울고 있는 나를 성가시게 바라보았다.

"도대체 뭐가 문제야, 안아줄게. 이리 와. 다음 주 주말에 제주도라도 갔다 올까. 당신은 힐링이 필요해."

그게 그의 해결책이었다. 나는 그보다 근본적인 문제라고 말했으나 남편은 나의 말을 무시했다.

"난 골 아픈 건 딱 질색이야."

남편은 세월이 흐를수록 배가 나왔고 게을렀으며 회사에서 퇴근한 뒤로는 손도 까딱하지 않았다. 하품하며 소파에 누워 나를 시켜 먹었다. 결혼생활 동안 나는 남편의 쉬는 시간을 위하여 나의 시간을 헌납했다. 그의 인생에 결락이 없도록 무릎이 닳도록 뛰어다녔다.

돼지 한 마리와 사는 것과 뭐가 달라. 나는 결혼생활에 대해 회의가 일었고 그다음 날로 백화점 문화센터 시 창작반에 등록했다. 대학 시절의 시에 대한 열정이 다시 솟구쳤다. 상식이라고 굳게 믿었던 것들을 맘껏 의심할 수 있었고 합리나 논리를 벗어나 상상과 진실한 거짓만으로도 시의 집을 지을 수 있었다.

내가 등단한 것은 시 창작반에 등록한 지 삼 년이 지나서였다. 시 창작반 친구들은 강좌가 끝난 뒤 뒤풀이를 하면서 밤을 새웠지만, 나는 가정에 매인 관성대로 착실히 집으로 돌아왔다. 돌아와서는 무슨 큰 잘못이나 한 듯이 세면기를 닦고 반찬을 만들고 열심히 가사 일에 매달렸다. 속죄라도 하겠다는 듯이. 딸은 학원으로, 게임 속으로 바쁘게 다니며 커 갔다. 이제 딸은 대학입시를 앞두고 있다.

등단하던 날, 남편은 결혼 후 처음으로 나를 눈부시게 바라보았다. 내가 트로피 와이프 인 듯. 남편은 축하 파티를 한다고 회사 동료들을 집으로 초대했고 홈쇼핑 세계여행 상품에서 크로아티아 상품을 사서 나와 함께 10박 11일로 여행을 다녀왔다.

그 후 남편은 나에게 짜증스럽게 재촉했다.

"당신 시집은 언제 나오는 거야"

내가 컴퓨터 앞에 앉아 일어날 줄 모르면, 그놈의 시가 뭐라고 하며 중얼거렸다.

시를 쓰면서 나의 욕망에 대해 솔직해질 수 있었다. 내가 단지 욕망의 대상만은 아니라는 명백한 사실을 남편에게 보여 줄 수 있었다. 나는 남편에게 하고 싶다고 말했고 남편은 당황스러운 표정으로 나를 바라보았다. 그 뒤 우리 부부는 섹스리스가 되었다.

"난 들이대는 여자는 질색이라니까."

남편이 내뱉는 이 무감각하고 제멋대로인 표현은 나로 하여금 결혼생활을 끝내겠다는 결심을 하게 했다.

혼자 살아갈 수 있는 시점이 언제인가를 생각했다. 남편이 퇴직금을 받고, 연금을 나눌 수 있고 재산분할이 되면 작은 아파트를 장만할 수 있으리라. 책을 쌓아놓고 샌드위치를 씹으며 시를 쓰는 자신을 상상하는 것만으로도 사는 맛이 났다. 나는 기다리고 있었다. 그날이 오기를.

실비아와 니스 공항에서 예약한 렌터카를 받아 숙소로 향했다. 낯선 차 때문에 운전이 조심스러워졌다.

"모험을 두려워하면 좋은 시인이 되기 어려워요."

실비아의 위트도 부담이었다. 천천히 액셀러레이터를 밟아보고 나서야, 할 수 있겠다는 감이 왔다.

프로방스를 돌아보는 일정이 빡빡했기 때문에 나와 실비아는 니스에서 하루 묵은 다음 모나코를 거쳐 아비뇽에 가기로 했다. 〈샤갈 마티스 미술관〉과 〈니스 성〉을 다 보지 못하는 것이 아쉽기는 했지만, 어차피 선택과 집중이 필요했다.

다음날, 우리는 모나코로 향했으나 모나코에는 들어가 보지도 못한 채 길 위에서 인형집 같은 빨간 지붕들을 내려다보다가 아비뇽으로 향했다. 아비뇽으로 가는 고속도로는 대형트럭들이 많아 가끔 차선을 위협받아 두렵기도 했다. 아비뇽에 도착해서는 바람이 몹시 불었고 숙소를 겨우 찾아 들어갔다. 다음날 세뜨를 다녀왔다. 세뜨의 작은 항구는 나를 설레게 했고 폴 발레리가 묻혀있는 해변의 묘지를 보는 순간 오랫동안 그리워하던 장소에 도착했다는 느낌이 왔다. 해변을 향해 서 있는 하얗고 고요한 묘지는 발레리의 시가 주는 감흥을 넘어섰다.

그다음 날 아를과 고흐드, 아비뇽의 교황청에 들렀다. 중세의 건축양식이 온전히 보존된 거리에서 마신 커피는 특별했다. 론 강 상류로 올라가는 배를 타고 다섯 시간을 가는 동안 나는 실비아가 나의 베르길리우스가 되어 주기를 기대했다.

루르마랭으로 들어가는 길은 강원도 정선을 들어가는 길만큼이나 굽어지고 험했다. 험한 만큼 아름다웠다. 루르마랭은 꽤 깊은 곳에 있었고 가는 동안 산과 계곡만이 우리를 따라왔다.

"카뮈가 루르마랭에 집을 사서 얼마 살지도 못하고 〈최초의 인간〉을 쓰고 있던 겨울에 사고로 사망했어요. 카뮈의 스승 장 그르니에가 사랑했던 장소였지요."

"이렇게 험하니 사고가 났구나. 천천히 갈게요."

"제 페이스 유지하고 가요. 긴장하면 시도 일도 안된다니까요."

실비아의 말을 듣는 순간 거칠게 브레이크를 밟았다. 차가 덜컹거렸다.

"이런, 이런, 또 긴장했네요. 우리 추 시인, 힘을 빼요."

숨을 내쉬고 백미러에 비친 실비아를 슬쩍 훔쳐보았다. 실비아는 어젯밤 아비뇽에서 음주한 탓에 어지러워 뒷자리에 앉아 가겠다고 했다.

실비아는 눈을 지그시 감고 차의 움직임에 몸을 맡기고 있었다. 내게는 어젯밤 실비아가 내 시를 읽고 보인 반응에 대해 승복하지 못하는 앙금이 남아 있었다.

"이건 결국 서프라이즈죠. 하수들의 수법인데 결말에 힘을 주지 말아요. 열린 결말로 가는 게 대세예요. 문 닫아 걸고 자기 결말에만 승복하라는 폐쇄된 시인의 태도는 시대착오예요. 개방적 태도가 필요해요. 타인의 평가를 열린 마음으로 들어야 시가 좋아지지요."

나는 실비아의 평에 대체로 수긍했으면서도 일방적으로 당하는 기분은 어쩔 수 없었다.

"천천히 갑시다."

실비아의 훈수에 속도를 늦췄다. 신록이 양옆의 산과 계곡을 가득 채웠다. 카뮈는 이 깊은 곳에서 고독과 자유를 누렸다고 했다. 고독과 자유. 나에게는 닿을 수 없는 세계처럼 느껴졌다.

어젯밤 실비아의 위상에 결코 다가갈 수 없는 현실이 다른 방식으로 나를 괴롭혔다. 때론 자유롭고 때론 날카롭고 때론 게으른 환상에도 자연스럽게 몸을 내주는 실비아의 스펙트럼은 가닿을 수 없는 깊은 세계였다. 실비아의 매력에 전폭적으로 끌리는 나를 억제하기 어려웠다. 글 지옥을 통과할 때까지 실비아가 나의 손을 잡아, 내 시에서 무의식을 탐지해 주기를 바랐다.

어젯밤, 우리는 주기가 오를 정도로 와인을 마셨고 술기운을 빌어 실비아에게 당신을 사랑한다고 고백했다. 그런 나를 안아주던 실비아의 모습이 신록 가득한 숲 사이로 또렷이 박혀 있었다. 아그네스 발차의 〈기차는 8시에 떠나네〉를 흥얼거리는 실비아의 허밍이 신록의 푸른 구토 속으로 흘러들었다.

루르마랭은 이미 참가 작가들로 붐볐다. 광장으로 올라가는 입구에는 〈카뮈의 길〉이라는 표지와 함께 카뮈가 담배를 입에 물고 있는 사진이 붙어 있었다. 광장은 크지 않았다. 카뮈가 아침이면 담배를 샀다는 담배 가게가 광장 한 귀퉁이에 있었다.

나와 실비아는 관리실에 가서 숙소를 배정받았고 중세 성 같은 집들이 즐비한 골목길을 따라 내려가 숙소를 찾았다. 지금은 카뮈의 딸이 살고있는 카뮈의 집이 골목 끝에 있다고 했다.

골목거리에 작은 카페들이 있었고 일찍 온 작가들이 삼삼오오 앉아 에스프레소를 즐기고 있었다. 캐리어를 끌고 내려가는데 골목 카페에 앉아 있던 여자가 뛰쳐나와 실비아의 목을 끌어안았다. 실비아는 유창한 프랑스어로 대화를 했고, 프랑스에서 여성 문제를 주제로 탁월하게 시를 쓰는 시인이라고 나에게 소개했다.

숙소에는 일인용 싱글침대 두 개가 한 방에 놓여 있었다. 짐을 정리한 뒤 주방 옆에 놓인 소파에 앉은 실비아가 말했다.

"난 오늘 밤엔 여기 소파에서 자야겠어요. 한 방에 다른 사람과 같이 있는 상황이 힘들어요, 신경증처럼."

내가 소파에서 자겠다고 했으나 실비아는 워크숍 준비를 하라며 방을 나갔다.

워크숍 장소는 멋진 중세성당이었고 내부는 아늑했다. 스무 명 가까운 작가들이 앉아 있었다. 사회자의 나에 대한 소개가 끝나고 나는 강단 앞으로 나갔다. 나는 천천히 〈수치가 소녀를 들어 올린다〉를 낭송하기 시작했다. 시는 즉시 영어로 통역되어 작가들에게 전달되었다.

〈수치가 소녀를 들어 올린다〉

흐라발.

비둘기 먹이를 주다 창문으로 떨어져 죽은,

폐휴지 더미에서 철학을, 시를 건져 올린 당신.

소녀는 지하 원룸 공동 똥통에서

당신의 〈너무도 시끄러운 고독〉을 즐깁니다.

가난이 소녀를 가둡니다.

더러운 피를 먹고

찢어진 풍경을 먹고

찢어진 책을 먹고

납작해집니다.

세상 밑에 깔려

썩어가는 벌레들

썩어가는 나뭇잎

썩어가는 육신

피고름, 정액, 욕정

문드러진 눈물

책 속의 나뭇잎처럼 납작한

초록의 무덤.

가난 속으로, 수치감 속으로

가난과 수치의 핵심 속에서

소녀는 고독의 알맹이를 건져 올립니다.

당신의 먹이를 먹던 비둘기처럼

소녀는

날아오릅니다.

끝내,

수치가 소녀를 들어 올립니다.

　나는 담담하게 읽어나갔다. 작가들은 환하게 웃으며 나에게
박수를 보냈다. 오싹하도록 행복했다. 실비아가 좋은 낭송이었
다며 격려했다.
　기억하기도 싫었던 내 가난과 수치는 시가 되었다. 시는 상처
를 매만지고 세공해 빚은 나의 집이다.

　골목길 카페에서 실비아가 다른 작가들과 간단한 디너 파티
가 있다고 오라고 했다. 세 명의 프랑스 여성 작가와 두 명의 스
페인 여성 작가가 함께 있었다. 프랑스 요리, 스페인 요리가 섞
여 나왔고 와인을 마시며 대화를 즐기는 그들 옆에서 나는 멀거
니 그들의 입을 쳐다보며 있었다.
　언어의 비트는 빨랐고 흥분된 목소리는 소통 불가능한 나를
혼돈 속으로 빠뜨렸다. 나는 먼저 숙소로 가겠다고 실비아에게

말했고 실비아는 기다리지 말고 자라고 했다.

루르마랭의 밤은 적막 그 자체였다. 나는 잠들기 어려웠다. 실비아를 위해 침대를 비워놓고 소파에서 기다렸다. 스마트폰을 열었다. 실비아의 메시지가 있었다. 오랜만에 만난 여성 작가들과 시간을 보내기 위해 들어가지 못한다고 했다. 스마트폰을 닫았다.

둘만의 파티를 위해 사두었던 와인을 혼자 마셨고 생전 처음으로 담배를 피웠다. 속이 매스껍고 머리는 통증이 찾아왔고 눈은 충혈되어 광증에 찬 사람처럼 보였다.
당신은 왜 나를 긴장하게 하는가. 당신은 왜 나의 다정함에 무심한가.
실비아에게 메시지를 보냈다.
미안해요. 평안하게 자요.
실비아의 답은 그것으로 끝이었다.
밤사이 기다림은 분노와 치욕의 감정으로 변했다. 나는 한잠도 자지 못했다. 잠을 잔 흔적조차 없는 두 개의 싱글침대와 식탁보에 엎질러진 붉은 와인과 피다 만 담배는 나의 존재를 여실히 보여주었다. 존재는 망가지고 구겨져 식탁보에 엎질러진 붉은 와인처럼 처절했다. 그 밤 나는 구애의 숲을 헤매는 슬픈 짐승이었다.

실비아가 파리에 들를 일이 생겼다며 추 시인 혼자 가야겠다고 말했다. 나는 담담하게 짐을 챙겼고 계획한 대로 루르마랭을 떠나기 전 카뮈 묘지에 들렀다가 가야겠다고 생각했다.

캐리어를 끌고 관리실에 들러 카뮈 묘지로 가는 지도를 받아 들었다. 묘지로 가는 길은 찾기가 쉽지 않을 거라고 관리실 직원이 말했다. 광장을 나와 주차장에서 차를 뺐다.

카뮈의 묘지로 가는 길목에는 거대한 녹색의 장원들이 눈에 띄었다. 녹색의 장원 입구는 붉고 노란 꽃으로 화려하게 장식되어 있었고 그것은 프로방스의 아름다움을 웅변하고 있었다.

루르마랭 공동묘지에 겨우 도착했다. 길가에 차를 세웠다. 길 건너편에 묘원의 푸른 철문이 보였다. 카뮈의 묘를 파리로 옮기려는 시도가 있었으나 카뮈의 지인들이 햇볕과 바람과 고독을 사랑하는 카뮈가 파리를 싫어할 거라고 반대했다고 한다. 가난과 자연에 대한 카뮈의 경외심을 깊이 이해하고 있는 지인들의 결단이었다.

공동묘지에는 아무도 없었다. 안내판에서 카뮈의 묘지 위치를 찾았다. 묘지 사이를 다니며 카뮈의 묘비를 찾았지만 보이지 않았다. 크고 화려한 묘비를 우선으로 찾아다녔다. 정작 카뮈의 묘지는 소박하고 낮은 귀퉁이에 있는 납작한 바위였다. 나는 자신의 허세에 실소했다. 옆에는 카뮈 아내의 묘비가 있었다.

ALBERT-CAMUS 1913-1960

검은 영혼이 나를 맞이했다. 키 큰 나무 우듬지에 앉아 있던 까마귀가 내 앞으로 내려앉았다. 큰 까마귀가 영혼처럼 앉아 있는 카뮈의 묘지에는 오월의 햇볕이 고요히 내려앉아 있었다. 들고 간 라벤더 꽃다발을 묘지 앞에 놓고 잠시 머리를 숙였다. 그리고 그 풍경 속에 나를 놓아 두었다.

부조리한 인생에서 빠져나오려면 벽을 문으로 만드는 노력이 필요해요. 카뮈의 음성을 들었다. 그 문을 찾는 일은 혼자 해야 할 일이었다. 그저 있는 문이나 찾아다녔던 나는 묘지를 나올 때는 어떤 옹이가 내 영혼 속으로 들어오는 것을 느꼈다.

실비아에게 연락이 오기 전까지는 연락을 하지 않으리라. 아예 실비아에게로 가는 다리를 불태워 버리리라. 인생에 휘둘리지 않는 것. 나는 오로지 나만을 바라보기로 했다.

남편과 통화를 했다. 내가 사용할 수 있는 3개월간의 비자승인 동안 여행을 연장하겠다고 했다. 남편은 버럭 소리를 질렀다.
"지금 제정신이야. 미나가 대학시험을 앞두고 있다는 걸 몰라서 하는 소리야. 정신 차려."
핸드폰이 부서질 것처럼 소리를 질러대는 남편의 목소리를 들으며 나는 정신을 차리지 않기로 했다. 한 줌의 도덕이 길 떠나는 나를 가로막을 수는 없었다. 전화기 속의 으르렁거리는 남편의 목소리는 차가운 내 입김 앞에서 무너져내렸다.

생애 처음으로 모든 시간을 내 인생을 위해 사용하기로 했다. 나는 과감해졌고 어린 시절의 가난과 수치가 준 힘은 강력했다. 광기로 가득한 이 예술의 성지에서 흠뻑 세례를 받으며 돌아다니기 위해 일상을 놓아버리기로 했다. 노후를 위해 모아두었던 비상자금은 유용했다. 나를 찾아가는 방랑은 어두운 계단을 향하여 홀로 걸어가는 길이 될 것이다.

렌터카를 돌려주기 위해 렌터카 회사가 있는 몽펠리에를 향해 차를 몰았다. 거기서 기차를 타고 바르셀로나로 들어갈 계획을 세웠고 람세스 거리에 있는 방을 예약했다. 몽펠리에에서 한참을 헤매어 렌터카 회사를 찾아 차를 돌려주었다.

이 층 몰 로비에서 기차 시간을 기다렸다. 사람들이 기차역으로 바쁘게 걸어갔다. 로비에 놓인 피아노에 앉아 연주하는 남자의 등이 보였다. 쳇 베이커의 <얼로운 투게더>가 피아노에서 기어 나와 지하철역을 돌아다니는 생쥐처럼 재빠르게 사라졌다. 진회색의 생쥐들이 빵부스러기를 물고 바쁘게 걷는 사람들의 다리 사이로 곡예 하듯 도망쳤다. 나는 생쥐가 사라진 지하 기차역을 향해 걸음을 옮겼다. 계단은 어두컴컴했다. 배낭끈을 치켜 올려 조였고 깊은 호흡을 했다. 매캐한 냄새가 몸속으로 들어왔다.

　지하 기차역으로 내려섰다. 어두컴컴한 역에는 바르셀로나 행이라는 글씨가 어둠 속에서 명멸했다. 그것은 하강하는 시의 비상구였다.

　〈Bientot arrive Barcelona〉 표지 위에 빨간 불이 들어왔고 잠시 후 기차가 맹렬한 속도로 달려왔다.

자술

되는 일이라고는 하나 없는 인생에서 그래도 잘하는 것이 있다면 게으르게 빈둥대면서도 읽는 일에 몰입하는 것이었다.

　오에 겐자부로가 〈읽는 인간〉이란 책을 썼을 때 나는 기뻤다. 읽는 일로도 정체성을 가질 수 있다니. 그렇다면 그 몰입의 힘으로 나를 일으켜 세울 수도 있겠다는 막연한 기대가 생겼다. 러셀의 〈게으름에 대한 찬양〉은 이미 내 게으름의 너그러운 동지가 되어 있었다.

　읽는 인간에 이어 찍는 인간이 된 나는 이윤을 만들어내야만 사람 구실을 하는 세상에서 낙오자였다. 게다가 생산해야 하는 영상물도 밖으로 튀어나오지 못하고 머릿속에서만 뒹굴었다.

　여성 다큐 감독들의 여성주의 협력그룹인 〈푸른 옷소매〉의 프로젝트 〈여성 민중 생애사〉 기획 단계부터 나는 좀 심드렁해 있었다. 애초 여성 민중의 삶이란 가부장제의 순종적 삶을 배제할 수 없거니와 그것을 영상으로 만들어야 한다는 것이 내겐 갈등이었다. 눈 번쩍 뜨일 삶이 어디 있다고, 있는 화석이라도 잘 캐내야 한다는 선배들의 말을 귓등으로 듣던 그즈음, 내 삶도 갈피를 못 잡고 헤매고 있었다.

가방끈은 길어 빌린 학비를 갚고 있는 판에 다큐를 찍는다고 수입도 없이 비싼 장비를 둘러메고 돌아치는 딸이 곱게 보일 리 없는 부모의 눈총도 눈총이려니와 나 스스로 영화예술에 대한 열정이 이유 없이 식어갔다. 곁들여 나의 연인은 지금까지의 자유로운 관계를 집어 던지고 결혼 운운하며 제도적 삶으로 고개를 돌렸다. 나는 그와 헤어졌다. 결혼이라는 제도 속으로 나를 집어넣기에는 결혼에 대한 환상이 너무 부족했다.

그해 겨울 〈푸른 옷소매〉 영상 팀과 함께 오른 부채봉 등반에서 신기마을을 만났다. 날카로운 암석 등반 코스는 산을 타는 아찔한 맛을 주었고 저수지의 유빙이 부딪는 소리를 듣고 저녁노을이 지는 바다를 바라보는 것은 아름다움의 특별한 경험이었다.

계곡을 따라 아늑하게 자리 잡은 신기마을을 만날 때마다 도시 생활을 훌쩍 접고 이 마을에 들어와 살고 싶다는 충동을 느꼈다.

생각과 실행은 거리가 멀었다. 모든 관계와 일이 도시에 기반을 두고 있기도 했지만 도시 생활이 지긋지긋하게 느껴질 때도 한없이 게으르고 자기변명에 익숙한 나는 관습적 삶을 끊어내는 옹골진 태도를 보이지 못했다.

〈푸른 옷 소매〉 영상그룹의 프로젝트를 위해 특별히 고심하지도 집중하지도 못했던 나는, 프로젝트를 수행한다는 핑계로 신기마을로 들어와 민박집에서 한 달 살이를 시작했다.

시골 마을에 발붙이기 위해서는 이장, 마을 어른들과 우호적 관계를 유지해야 한다는 매뉴얼대로 부지런히 마을회관에 드나들었다. 초코파이나 단팥빵을 사 들고 마을회관에 들러 말을 붙일 때엔 그렇게도 자연스럽게 얘기하던 노인들이 카메라만 들이대면 손사래를 쳤다. 자신들의 생의 파편이 누군가에겐 선물이 될 수도 있을 텐데, 하며 나는 아쉬워했다.

마을 사람들과 거리가 좁혀진 것에 비례해서 그들의 나의 사생활에 대한 참견도 늘어났다. 참견을 무척이나 싫어하는 나였지만 그런 참견도 영상을 찍기 위한 일로 받아들였고, 그럴수록 더 자주 여성 농민들을 찾아 들녘이나 마을 고샅을 헤매었다. 노력에 비해 건진 것은 아무것도 없었다. 집어치우고 돌아가고 싶은 마음이 질깃질깃 나를 괴롭혔다.

오월 어느 날, 마을회관에 들러 얘기라도 한 자락 들어볼까 하고 카메라를 메고 나섰던 나는 손사래를 치는 마을 사람들 때문에 시무룩한 표정으로 물러 나와 계곡 앞을 지나가고 있었다. 아무것도 찍지 못한 카메라가 어깨를 짓누를수록 내 얼굴은 고들빼기 생잎을 씹은 표정이 되어갔을 것이다.

계곡 앞 밭에는 자술이 김을 매고 있었다. 밭 위에 엎드려 일하던 자술이 고개를 들자, 거무스름한 얼굴 위로 벚꽃 잎이 내려앉았다. 그의 얼굴은 갓 뒤엎은 흙 위에 솟아난 푸른 새순처럼 빛났다. 계곡에는 때죽나무의 하얀 꽃잎이 바람이 불 때마다 물소리를 따라 별처럼 쏟아졌다. 나는 일하는 자술의 곁을 말없이 스쳐 지나가고 있었다. 그 길로 자주 산책을 다녀 그와 나는 인사 정도는 나누는 사이였다. 자술이 나를 쳐다보며 말했다.

"어제 늙은 호박 하나를 속을 후벼 들깨를 갈아 넣고 끓였는데 맛 좀 보서. 집 떠나면 남이 만든 음식이 별미야."

자술은 먼저 호미를 내던지고 밭에서 일어나 내 팔을 툭 치며 따라오라는 손짓을 했다. 시무룩해 있던 나는 자술의 환대에 힘입어 생기를 되찾았다.

자술의 집 마당 오른쪽 귀퉁이엔 후박나무가, 왼쪽 귀퉁이엔 자목련이 꽃 자랑을 하고 서 있었다. 만 리를 간다는 후박 향이 몸을 감싸 안았고 자목련 꽃잎은 주단처럼 땅바닥에 깔려 집 뜰이 봄의 성채처럼 고요하고 환했다.

자술의 집은 지은 지 얼마 안 된 15평 정도의 공간이었다. 방하나에 아담한 거실이 있는 집이었다.

방 안으로 들어가니, 자술이 벌써 상을 내놓고 죽을 가스 불에 올려 데우고 있었다. 유리병에 꽂아놓은 할미꽃 한 송이와 햇볕 바른 낮은 창가에 있는 여러 개의 다육식물이 방안을 다정하게 느끼게 했다.

곧 노르스름한 호박죽이 상 위에 올라왔다.

"어서 드셔."

들큼하고 고소하고 은근히 가라앉는 그 맛에 허겁지겁 한 그릇을 다 비웠다. 자술이 웃었다.

"맛이 괜찮아?"

"천상의 맛이네요."

자술의 얼굴에 자긍심 가득한 웃음이 모과꽃처럼 피어올랐다.

호박죽 한 그릇을 다 비운 내가 천상의 맛을 되새기느라 입술을 혀로 애무하고 있을 때 자술이 나를 쳐다보며 말했다.

"내 살아온 얘기 한번 들어볼테야?"

나는 눈이 번쩍 뜨였다.

"아, 정말 해 주시는 거죠?. 카메라에 담아도 되는 거죠?"

자술이 고개를 끄떡였다. 나는 행운을 거머쥔 사람처럼 신이 나서 카메라 줌을 고정하고 마이크 핀을 자술 웃 옷깃에 꽂았다. 자술의 얼굴이 발갛게 물들며 긴장했다.

못 하나 꽂아 둘 땅이 없었던 내가 천 평의 땅을 내 것으로 만들었으니 뼈가 녹아나도록 일했지. 나 같은 사람이 땅을 산 건 배운 사람들이 펜대 굴려서 척하니 돈 꺼내 들고 산 것과는 아주 달라. 기억도 가물거리지만 그래도 나는 내 얘기를 들어줄 사람만 만나면 내가 이 땅을 얻은 얘기를 하게 돼. 내 죽으면 아무도 기억해 주지 않을 테니 자꾸 말을 할 수 밖에 없어. 마을 사람들은 이젠 나를 피해 다녀. 하도 많이 들어서 지겹다고. 그렇지만 나는 그 소리가 듣기 좋아. 내 얘기를 다 기억할 테니까.

입이 무서운 거야. 자꾸 말하다 보면 누구라도 기억해 주겠지. 특히 자네 같은 배운 사람에게 얘기할 수 있는 게 얼마나 좋은지 몰라.

저 천 평은 내 피와 살과 뼈가 만들어낸 거야. 칠십년대 저수지 준설 때 그 밭을 사기 위해 내가 흙짐을 등에 지고 저 저수지 둔덕을 얼마나 오르내렸는지 몰라, 그 일당 모아서 천 평을 샀다가 백 평은 팔아서 명수가 결혼할 때 보태주고 구백 평 남은 곳에서 양식을 대 먹고 있어. 일당이 100원도 아니고 99원이었다니까, 이 동네 여자들 거기서 일하지 않은 사람 없었어.

자술이 작은 몸집으로 흙짐을 지고 저수지를 준설 하는 언덕을 땅강아지처럼 오르내리는 모습이 눈에 그려졌다. 멀리 산 아래 비스듬한 저수지 둔덕이 보였다. 마을 여자들에겐 70년대 정부 사업으로 뼈 빠지게 일했던 기억이 있다.

이 마을은 형편없이 가난한 산골 마을이었어. 모두 가난했지. 아니야, 꼭 그렇지는 않았는데, 맹골댁 할아범과 너구리 영감은 달랐어. 두 집을 빼고는 서른 집이 모두 가난했지. 맹골댁 할아범은 땅이 많아서 여자들이 그 집에 가서 일을 많이 했지. 나도 그 집에서 일을 많이 했어. 맹골댁 할아범은 우리 집 아래 살았는데 거적 같은 우리 집에 비하면 대궐 같은 집이었지. 집에 곡식이라고는 없는데 간난쟁이는 젖 안 나온다고 빽빽 울기만 해. 내가 비쩍 마른 당나구마냥 허기져서 그 집을 지나오는데 맹골댁 할아범이 나를 보더니, '애 어멈이 젖이 안 나와 어째, 내가 돈 좀 줘야겠네.' 하는 거야. 난 은근히 그 말을 믿고 애타게 기다렸지. 시간이 지나도 아무 소식이 없어. 지금 생각하면 무슨 꿍꿍이가 있었던 거야. 그 영감 뱁새 같은 눈을 생각하면 징그러워, 너구리 영감은 별명인데 자린고비에다 노랑구두쇠야. 돈을 벽장에 숨겨놓고 마을 사람들에게 빌려주어 이자를 놓는데 자그마치 이자가 2할이 넘어. 가뜩이나 돈 없는 마을 사람들을 주리틀듯이 틀어댄 거야. 고리대금으로 말야. 그것도 모자라 자기 일에 품삯은 적게 주고 일은 많이 시켰지.

맹골댁에서 땡볕에 하루종일 김을 매면 좁쌀 한 되를 줬어. 그걸 들판에 천지로 난 쑥을 뜯어다 넣고 물을 한 솥 붓고는 끓여서 식구들이 하루종일 먹었지.

형편이 이런데 무슨 수로 내 땅을 사겠어? 서방이란 작자는 매일 술만 마시고 날 걷어차기나 하고. 일당을 모아서 산 송아지를 정성을 다해 황소 한 마리를 만들었지. 그 황소를 장에 가서 팔아 오라고 했더니 황소를 판 돈을 술과 노름으로 다 날려버렸어. 소 키울 때는 여물 한번 안주고 똥 한번 안 치운 인간이.

우리 서방 말이야, 그 인간 얘기를 내가 안 할 수 없어.

내 남편은 김필수야, 지금은 산속에서 뼈도 녹았겠지만 말야, 김필수는 저 아래 허술한 농막에서 먹고 잠자며 남의 집 허드렛일을 거들어 주던 사내였어. 아랫마을 비룡리에 살던 나를 이 마을 사람들이 필수와 엮어줬지. 김필수는 일할 생각은 없고 마을 남자들을 불러 술타령이나 하고 밤이면 나를 두드려 패는 재미로 살았어. 흐이그. 그래서 먹고 살길이 없어 담뱃집을 냈지. 담뱃집을 낸 게 잘못이야, 온 동네 술꾼들 다 모아 놓고 화투 치고 술 나발이나 불어. 그 뒤치다꺼리를 다 하고도 남자 믿고 살아야 하나부다 하고 참았지. 부부 정은 없어도 애는 생겨. 애를 가져서 한 석 달이나 되었나, 술 처먹고 와서 임신한 배를 발로 막 짓밟아 날 쓰러뜨렸어. 애기가 그렇게 가 버리니까 사는 재미가 더 없어. 이참에 이노무 인간 옆을 아주 떠나버려야겠다 결심했지.

그날, 팔 것도 살 것도 없는 년이 장엔 왜 갔나 몰라. 하여간 집에서 그 인간 상판을 쳐다보느니 남들 가는 장이나 가자 했나부지. 그땐 장에까지 모두 걸어 다녔지. 꽤 멀었거든. 다 찢어진 고무신을 끌고 걸어가는데 신발이 자꾸 벗겨져. 같이 걷던 쇠풍골댁이 아주 벗어 버리고 자기 신발을 한 짝씩 나눠 신자구 해서 한참을 눈물 섞어 웃었지. 머리에 이고 등에 지고 콩이나 쌀을 팔러 간 사람들은 장터에 자리를 잡고 앉았어. 신발이 찢어진 나는 신발전을 기웃거렸지. 거기서 파출소장 마누라를 만난 거야. 신발을 살 생각은 잊어버리고 파출소장 마누라를 붙들고 하소연을 했지. 왜 내가 그 여편네를 붙들고 그랬는지는 나도 몰라. 장에서 만나면 연한 배처럼 구는 데에 끌렸겠지. 아니면 파출소장 마누라 빽으로 그 인간을 혼내볼까도 생각했을거야.

그런데 생각지도 않게 파출소장 마누라가 괜한 고생 하지 말고 서울 국회의원 집에서 일할 사람을 구하는데 거기 가볼 생각은 없느냐는 거야, 반색을 했지. 당장 좋다고 했어.

꼴사나운 인간을 보지 않아도 되는 것만도 기쁘대. 파출소장 마누라는 신발을 늘어놓은 난전에 가서 내 찢어진 신발을 벗겨 내고 새 고무신을 한 켤레 사서 신겨 줘.

파출소장 마누라는 뭔가 신이 난 듯이 종묘상으로 들어가 서 울로 전화를 걸더니 승낙을 받았다며 내 등짝을 한 대 내리치며 '복 받았어.' 했어. 종묘상 주인이 무슨 소리냐고 물어도 파출소 장 여편네는 그런게 있다며 내 등을 밖으로 밀어.

파출소장 마누라는 버스정류장까지 나와 버스표를 끊어주며, 좋은 집에 가서 좋은 것 많이 먹고 남편 주먹질 벗어나게 되어 얼마나 좋으냐며 생색을 내는거야.

서울에서 나를 마중 나와 준 사람은 국회의원 집이 아니라 경 찰서에 근무하는 집 기사더라구. 국회의원 집으로 가기 전에 그 집에서 보름을 머물렀나. 일종의 예비관문이야. 시골의 파출소 장을 통해 소개할 아주머니의 품성을 미리 알아보라는 테스트

였지. 우선 그 집에서 집안일을 했어. 칼국수를 할 줄 아느냐고 묻는 그 집 여자의 말에 식은 죽 먹기라고 대답하자, 그 집 여자는 당장 밀대와 반죽을 밀 안반을 구해 왔더라구. 솜씨 좋게 콩가루와 밀가루를 섞어 반죽을 하고 밀대로 반죽을 얇게 밀은 다음, 칼로 굵직하게 썰어 호박, 감자를 잘게 썰어 넣고 끓였지. 오랜만에 집에 들렀다는 그 집 주인은 한 번에 두 대접이나 맛있게 먹어. 주인 여자는 만족해하며 점심때마다 칼국수를 만들어 달라고 했어. 정성을 다해 칼국수를 만들어냈지. 잠깐 머문 그 집에서도 나를 탐내는 거야. 보름 후에 국회의원을 한다는 집으로 가게 되었지. 그 집에서 합격을 받은 셈이었어.

　내가 국회의원 집에 들어가 할 일은 근육무력증에 걸린 국회의원의 어머니를 돌보는 일이었지. 아침부터 저녁까지 노인네를 돌보는 일은 집안일보다 쉽다고는 할 수 없었어. 노인의 몸은 한시라도 주무르지 않으면 딱딱하게 마비가 왔기 때문에 수건을 더운물에 적셔 노인의 온몸을 주물러 대야 했지. 노인은 내가 몸을 주무를 때마다 '어이 시원해'하며 흡족해했어. 밤늦게 퇴근한 국회의원은 노인의 방에 들러 하루 일과를 듣고 노인이 나에 대해 만족해하는지 묻고는 했어. 노인은 늘 흡족하다고 했지.

　어느 날 아침 노인이 나를 방으로 불러. 내가 방에 들어가자, 노인은 오시래에서 물건을 싼 흰 손수건을 꺼내더니 나에게 자신이 죽을 때까지 옆에 있어 주면 이 흰 손수건에 싸인 금덩이

를 다 주겠노라고 하는 거야. 눈이 뒤집어지대. 그런 금덩어리
는 내 생전 처음 보았지. 눈앞에는 황금 송아지와 황금 거북이
가 납작 엎드려 있었어. 황금송아지의 엉덩이가 특히 탐스럽다
고 생각했어. 그런데 이상하게도 까맣게 잊어버렸던 고향 생각
이 난 것은 그 황금 송아지의 엉덩이를 보고서였어. 우리 집 외
양간에서 들리던 황소의 영각소리와 엉덩이에 까맣게 달라붙었
던 쇠파리까지도 그리워지더라구. 겨울이면 부연 김이 나는 여
물을 씹어대며 되새김질하는 황소가 생각이 나서 견딜 수가 없
는거야. 냇가 위에 지던 겹벚꽃이, 밤이면 내 머리 위로 쏟아지
던 별이 그토록 그리울 줄이야. 노인 몰래 더운 눈물을 쏟았지.
　노인이 바로 내 대답을 채근했지만 대답하지 않았어. 노인은
내가 너무 황송해서 대답을 미루는 거라고 생각하는 눈치였어.
　그날 노인이 탄 휠체어를 밀고 정원에 나갔지. 잘 손질된 잔
디와 큼지막한 소나무를 보는데 그 소나무가 왜 그리 짠하게 생
각되던지. 그때, 고향 산에서 자연스레 잘 자라던 소나무를 밧
줄로 칭칭 묶어 트럭에 실어 나르던 광경이 떠오르는 거야. 거
기 살 때는 그 소나무들이 어디로 가는지 몰랐는데 여기 오니
이렇게 팔려 오는 거였어. 눈물이 질금질금 나데. 그날 아랫도
리에서 허연 냉이 물컥물컥 쏟아져 내려. 내가 고향에 내려가겠
다고 했더니 노인이 극구 말리는 거야. 내가 가겠다고 고집을
부리자 다시 올 때까지 기다리겠다고 했어.

　서울 생활 1년을 접고 내려왔을 때도 김필수는 여전히 술독에

빠져 허우적대고 있었어. 억척스럽게 일을 했지. 어이없게도 애가 생겼어. 걔가 명수야. 명수를 밭 가 소나무에 매어 놓고 밭일을 했고 명수를 들쳐업고 나무를 했어. 명수는 탈 없이 잘 컸어. 일이 고돼 지쳐 있을 때 오줌을 누고 싶어도 옷을 벗을 기력이 없어 선 채로 오줌을 쌌어. 밭을 매다 보면 척척하던 밑은 그런대로 말라 있었지. 쌀독에 쌀이 남아 있는 날이 드물었어. 김필수가 술도가로 퍼 나르는 데 뭔들 배겨나겠어.

국수를 삶았다고 먹으러 오라고 특별히 불러준 안골댁에서 도둑년이 되고 말았지. 국수를 먹고 나오다 삐긋이 열린 광 문을 열고 들어가 독 안에 가득 찬 쌀을 보는 순간 눈이 뒤집히고 말았어. 나는 독 옆에 놓인 바가지를 집어 들었어. 독 안의 쌀을 퍼서는 명수를 업은 포대기 속에 쌀이 들어가도록 목 뒤로 바가지의 쌀을 퍼부었지. 명수가 칭얼거렸어. 나는 정신을 잃고 쌀을 퍼부었어. 마음은 이제 가야지, 하고 바빠졌지만, 손과 발은 따라주지 않았어. 국수를 먹고 오줌을 누러 나오던 갓 시집온 새댁에게 들키고 말았어. 마을 여자들이 보는 앞에서 울음을 터뜨리는 명수를 내리고 포대기를 풀어야 했지. 축축한 내 등허리를 타고 쌀이 우르르 쏟아져 나왔어. 그래도 안골댁은 넉넉한 마음으로 그 쌀을 봉지에 담아 주었지. 오히려 마을 여자들이 그 뒤로 나를 도둑년이라고 자기들끼리 흉을 봐. 창자가 졸아들어 봐. 누구든 도둑년이 될 수 있어. 나를 도둑년이라고 몰아세우던 여자들도 이 마을에 같이 살고 있어.

김필수가 술을 먹든 행패를 부리든 명수가 네 살이 되던 해였던가봐. 어느 날 대문도 울타리도 없는 집에 허우대 큰 사내가 열두 살 정도 되는 여자아이를 데리고 들이닥쳤어.

"우리 매형 있수?"

이건 또 무슨 개불알 터지는 소린가 했더니, 노총각이라고 믿었던 김필수는 알고 보니 남도 시골 마을에 부인과 자식을 둔 유부남이었어. 새치름한 눈으로 옆에 서 있는 여자아이는 김필수의 딸이었지. 이름은 우남이었어. 또 아들을 낳으란 뜻이래. 나, 원, 기가 차대.

단칸방에 앉은 김필수는 멀건 눈으로 처남과 딸을 바라볼 뿐 이렇다저렇다 말이 없어. 처남이라는 사람을 통해 김필수가 남도 시골 마을에 딸 셋을 두고 떠도는 유부남이라는 것을 알게 되었지.

"누이도 포기한 지 오래여, 소문 듣고 어찌 사나 가보래서 왔지."

필수는 아무 말도 없었어.

그날 밤에 나름대로 진수성찬을 차렸지. 그리고는 단칸방에 필수 처남, 필수, 우남이, 나, 명수 순으로 누워 잤어. 잠이 오지 않더만. 옆에 자는 우남이의 손을 가만히 잡았어. 우남이의 손은 드문드문 옹이가 박혀 있었어. 어린 것이 일에 시달려 얼마나 힘들었을까 생각하니 눈이 뜨거워졌어.

성긴 문틈 사이로 차가워진 시월의 바람이 누워있는 사람들 몸 사이를 건너다녔어. 이상하게도 내일이면 헤어질 우남이를 그냥 보내고 싶지 않아서 나는 그 아이의 손을 꼭 잡았어.

다음날은 마침 오일 장날이었어. 아침녘부터 술에 취해 늘어진 김필수를 집에 놔두고 명수를 들쳐업고 우남이와 함께 나섰어.

나하고 우남이는 산길로 접어들었지. 조붓한 산길은 내가 명수를 들쳐업고 장날이면 깨, 콩을 머리에 이고 팔러 다니던 길이었지. 어디쯤에 큰 나무가 서 있는지, 어디쯤 응덴가리 밭에 하얗게 소금 뿌린 듯 메밀꽃이 피어나고 있는지 눈을 감고도 알 수 있을 정도로 훤한 길이었어.

집에서는 아무리 물어도 입을 붕어처럼 빼물고 말이 없던 우남이는 산길로 접어들자, 묻는 말에 팔랑팔랑 대답도 잘해.

"니 엄마는 뭐 해 먹고 사니?"

"미역도 따다 말리고 생선도 받아다 팔지."

"동생은 몇이고?"

"동생은 여동생 둘 있어. 아버지는 매일 아들 없다는 술타령하다가 집을 나가버렸대."

우남이는 묻지도 않는 말을 했어. 내 등에 업힌 명수를 자기가 업겠다고 하대. 우남이가 명수를 업고 한 시간을 걸었지. 날이 약간 쌀쌀했는데도 우남이의 이마에 땀이 오소소 돋아. 우남이는 작지만, 강단이 있는 아이였어. 어찌나 명수를 잘 어르는지 엄마를 찾지도 않아.

장에는 벌써 옷전이며, 생선전, 채소전이 가득하게 서 있었어. 옷전에 내걸린 옷들이 깃발처럼 펄럭거려. 우남이를 끌고 어묵을 파는 집 앞으로 갔지. 어묵 솥에서는 김이 뽀얗게 피어올랐어. 어묵 세 꼬치를 꺼내 하나는 우남이, 하나는 명수의 손에 쥐여주고는 하나는 내 입에 넣었어. 우남이가 맛있게 먹고는 입맛을 다셔. 어묵 두 꼬치를 더 꺼내 우남이와 내가 하나씩 더 먹었지. 장에 온 것은 무슨 특별한 일이 있는 것도 아니었어. 장날이되면 늘 장에 오던 습관대로 오고 싶었고 또, 우남이와 함께 산길을 걸으며 김필수의 과거를 듣고 싶기도 했고 옷도 한 벌 사입히고 싶었지.

가방에는 갖고 있는 돈도 얼마 없었어. 물건을 살만한 돈이없었지, 근데 우남이의 입성이 눈에 들어오는 거야. 날은 쌀쌀한데 우남이가 입고 있는 것은 아직 여름옷이야.

저녁 버스를 타고 떠날 아이에게 옷을 사 입히고 싶다는 생각이 불쑥 솟았어. 옷전에는 오래전부터 외상거래를 하던 옷 장사가 나와 있었거든. 우남이를 끌고 옷전에 가서 옷을 고르라고 했지. 우남이는 내걸린 옷들을 죽 훑어보더니, 남색 긴 바지와 고동색과 분홍색이 섞인 긴 팔 웃옷을 골랐어. 다음 장에 대금을 갚겠노라 얘기하고 옷을 갈아입혀 데리고 나오다 보니 우남이가 신고 있는 신이 또 마음에 걸리는거야. 우남이를 데리고신발전으로 가서 신발도 사 신켰지. 우남이는 마음이 흡족한지자꾸 옷을 만져보고 신발을 내려다봐.

저녁 버스로 김필수의 처남과 우남이는 남쪽으로 떠났어. 차창에 비친 우남이의 얼굴에 대고 또 놀러 와 하고 소리 질렀지. 우남이가 살풋 웃었어.

갑자기 나는 우남이를 보내고 싶지 않았어. 곧 출발할 버스에 올라 아이를 끌어안고 울었지. 아마 나는 그 애에게서 내 어린 시절을 보았던 것 같아. 나도 아비 없이 자란 시절이 있었으니까. 우남이도 내 품 안에서 눈물을 흘렸어. 거기가 영영 끝이야. 사는게 뭔지 그리워도 만날 엄두도 못 냈어. 우남이도 이젠 다 커서 시집가서 애도 낳았겠지.

휴, 그냥 그렇게 살았지. 뭐, 살아남은 게 다행이지. 그래도 항상 토하고 싶은 얘기였어.

내 인생에서 지금처럼 몸과 맘이 편한 날이 없어. 이런 게 진짜 사는 거야. 전엔 사는 게 고단해, 느끼지도 못했던 새소리도 듣고, 이쁜 꽃도 보고, 오만가지 향기도 맡아. 그 속에서 몸을 놀리면 천국이 따로 없어. 내 밭에서 호미질하며 구름과 만나고 계곡 물소리, 바람 소리를 들으면 내가 살아있구나 싶어. 배를 곯아서 쌀을 훔쳐 도둑년 소리를 듣던 때가 아득해. 지금은 먹을 것도 지천으로 널렸지. 이젠 흙으로 돌아가는 일만 남았어. 누구나 다 왔다가는 길이야. 근심도 한탄도 필요 없어. 남은 시간 동안 별님과 함께 수다도 떨고 호미질도 하고 그러다 가면 되지, 이젠 정말 홀가분해.

자술의 먹먹한 목소리가 영상 안을 가득 채웠다.

"이제야 속이 확 트이네."
"덕분에 큰 숙제를 했습니다."

"허접하고 구질구질하지. 그냥 살아온 거야."

자술이 구술을 마치고 마른 입술을 적시며 말했다.

자술은 냉장고에서 막걸리와 콩자반, 무말랭이무침, 알타리무 김치를 꺼내고 오래뜰의 부추를 뜯어다 전을 부쳤다. 자술과 나는 막걸리 두 병을 함께 마셨다. 창문에 비치는 까만 밤 위에 별이 총총 박혀 수런거렸다.

"별님도 외로울 텐데 같이 나가세."

별님을 혼자 둘 수 없다는 자술의 아름다운 대사에 취해 집 밖으로 나왔다. 캄캄한 원시의 숲속을 바람이 간질이는 손길에 물소리가 히득거리며 원을 그렸다. 하늘엔 별들의 수다가, 땅엔 자술의 수다가 밤빛을 마르게 하고 있었다.

"노래 한 판 할게. 자네도 하난 해야해."

얼큰한 술기운에 고개를 끄덕였다. 봄밤의 유희는 얼마 만인가. 내 몸에 기쁨의 에너지를 모두 불러 모았다.

자술은 〈봄날은 가고〉를 불렀고 나는 〈맨발의 청춘〉을 불렀다. 선홍빛의 봄날은 가고 있었고 맨발의 청춘은 헤매고 있었다.

"이제 우리 친구지."

자술이 내 등에 호미와 노동으로 생을 견뎌온 여든 살의 다정하고 당당한 손을 얹었다. 나는 손을 내밀어 자술의 손을 잡았다. 그 위로 별빛 한 점이 떨어졌고 벚꽃 한 잎이 내려와 앉았다. 고라니 울음도 다정하게 들리는 봄밤이었다.

도시로 돌아왔던 나는 그해 11월 신기마을을 다시 방문했다. 가을 등반의 끝에 들린 마을에서 자술의 비극적 죽음을 들었다. 자술은 콤바인 뒤에서 벼 이삭을 줍다가 후진하는 콤바인의 레일에 깔려 목숨을 잃었다고 했다. 그의 아들은 자술이 죽은 후, 900평 땅을 애도 기간이 지나지도 않아 처분했다고 했다.

아직 처분하지 않은 자술의 집 문 앞에 보라색 쑥부쟁이꽃을 꺾어 그녀의 낡은 신발 옆에 놓았다. 참 이쁘기도 하네. 자술의 명랑한 목소리가 반짝 귀에 부서졌다. 자술의 오래뜰에는 호박이 누렇게 익었고 길고양이 서너 마리가 햇빛을 즐기고 있었다. 자술의 흑요석 같은 눈빛이 호박잎에도, 말라 가는 나팔꽃 줄기에도, 손때 묻은 호밋자루에도 빛났다.

영상그룹 〈푸른 옷소매〉는 프로젝트로 만들어진 서른 개의 영상물을 종로 5가의 낡은 여관을 빌려 전시하기로 했다.
예술이 자본에 먹히고 있다는 위기감은 고민스러운 질문이 되었다. 그 대안을 조금이라도 실천해 보자는 의견들이 갤러리의 변화를 가져왔다. 재벌들의 우아한 갤러리에서 하는 감상행위는 자신이 그들과 같은 계급 속에 있다는 거짓 환상을 갖게만든다. 거짓 환상은 진실을 보지 못 하게 하는 큰 장애물이다. 〈돈〉으로 만들어진 예술이란 참담할 뿐이다.
우리는 광장시장에서 흰 광목천을 사와 서른 개의 사각형 영상 방을 만들었다. 자술의 영상 방은 추모의 의미로 검은색 광

목천으로 둘렀다. 나는 자술의 영상 방 앞에 〈선물〉이란 팻말을 만들어 세웠다. 양동이에 하얀 소국을 담아놓고 추모를 원하는 사람은 누구나 자술의 영상 방 앞에 꽃을 놓을 수 있게 했다. 자술의 선물이 사람들에게로 스며들고 있었다.

올봄, 안부를 묻는 내 전화에 겹벚꽃이 피었다고 한번 놀러 오라던 자술의 호의를 지나친 나의 무심함이 원망스러웠고 그만큼 자술이 그리워졌다. 그리움의 힘으로 나는 나를 밀어갈 열정을 내 속에서 발견하기 위해 애썼다. 읽기에 더욱 집중했고 마음이 가는 대로 걸음을 내디디려 했다.

가끔 자술이 먹먹할 만큼 그리울 때는 영상 속의 자술을 만났다. 신산함 속에서도 때죽나무꽃처럼 피어나던, 명랑한 목소리. 호박죽을 끓여주던 친구에 대한 환대, 기쁨을 잃지 않는 그의 태도는 지지부진하던 내 인생에 들어와 나를 흔들었다.

당분간 나는 도시를 떠나 방랑의 시간을 가지기로 했다. 낯설고 거칠어도 자연과 사람을 열정적으로 관찰하고 싶어졌다. 내 삶이 자술이 갈아엎은 흙처럼 생명으로 가득 채워지기를 간절히 바랐다.

"봐, 봐, 이 꽃 이쁘지."

밭에서 김을 매던 자술이 때죽나무꽃을 주워 엉거주춤 서 있는 내 앞에 흩뿌렸다. 계곡에서 불어오는 바람이 몸을 부풀렸

다. 자술이 뿌린 하얀 별꽃이 축복처럼 날아올랐다. 그 꿈은 분
명 좋은 징조였다.

　보이지 않는 세계는 보이는 세계 속에 숨 쉬고 있고, 한 사람
의 생에는 다른 사람의 생이 스며 있다는, 그와 내가 이어져 있
다는 명징한 예언이었다.

바다의 목소리

학교는 똥통이다.

똥통 속에 몸을 담고 있는 한 나 또한 똥이다. 키 150, 몸무게 45의 열등종족인 나는 담배 한 개비처럼 말랐다. 호기가 개비개비 하니까 다른 애들도 덩달아 개비 개비 하고 나를 놀린다. 내겐, 엄연히 이름이 있다. 주 장군.

'제기랄, 엿 먹어라'

개비나 장군이나 그게 그거다.

호기는 시간만 나면 내 머리부터 발등까지 주먹질이나 발길질을 하며 논다. 호기의 놀림을 받을 때마다 학교 다니는 일이 지긋지긋하다. 하지만 '제발, 고등학교는 졸업 해라' 애원하는 엄마의 '제발' 때문에 간신히 버티고 있다. 이런 똥통 속의 날들을 견디느니 아침부터 바다에 나가 고기를 잡는 것이 훨씬 더 낫다.

　토요일 수업이 끝나고 집으로 가는 중이다. 애들에게 내 모습을 보이기 싫어 교문으로 나가지 않고 학교 옆 산등성이로 길을 택했다. 뒤를 돌아보니, 학교 정면에 〈행복한 학교, 함께하는 교육〉이라고 쓰여 있다. 행복하지도 않고, 누구도 함께하지 않는 학교는 내겐 지옥이다. '행복'이니 '함께'니 하는 단어는 죽은 지 오래다.

　건너편에 종합실습실이 보인다. 공업고등학교인 우리 학교는 실습시간이 많다. 우리 학교 학생들은 3학년 1학기만 마치면 경기도 부근의 중소기업으로 실습을 나간다. 우리는 공장에서 쉿밥을 먹으며 야근 수당을 받고, 먼지와 기름 냄새 속에 시들어갈 것이다.

　"야, 개비개비"

　호기다. 이놈은 남의 별명을 꼭 곱빼기로 불러댄다. 소나무 아래에 서 있던 인수, 재필이가 낄낄대는게 보인다.

　"니 애비, 단속 잘해."

　순간 나는 화들짝 놀라며 얼굴이 붉어졌다가 머리를 떨어뜨린다. 몸이 굳어 온다. 호기가 아빠의 소문을 들은 모양이다.

　한여름에도 낡은 코트를 입고 어판장 한구석에 쓰러져 잠을 자곤 하던 떠돌이 여자가 있었다. 알아들을 수 없는 말을 중얼거리며 돌아다니는 것을 여러 번 보았다. 얼마 전부터 아빠가 떠돌이 여자를 겁탈했다는 소문이 마을에 돌았다. 동네 사람들이 떠돌이 여자가 부른 배를 안고 다닌다고 수군댔다. 곤란하고 황당한 일이다. 아빠까지 내게 똥덩이를 던졌다.

　이놈들이 오늘 나의 토요일까지 난도질해 놓을 모양이다. 맛있는 먹잇감을 발견한 하이에나처럼 낄낄대는 호기의 얼굴을 발로 짓이겨 주고 싶다. 하지만 호기에게 잘못 걸리면 뼈도 못 추린다.
　지난번에도 호기, 인수, 재필이가 일을 벌였다. 교문 옆에 있는 체육관 옥상으로 올라가 있다가 영어가 교문을 막 들어서자,
　"야, 이 개년아."
　파랗게 질린 얼굴로 핸드백도 내던지고 단숨에 달려온 영어를 욕하고 놀리며 달아났다.
　일의 발단은 영어가 수업시간에 호기에게 병원을 영어로 말하라고 했더니, 호기가 'house'라고 대답한 데서 시작되었다. 영어는 호기의 손바닥을 심하게 내리쳤다. 쌈꾼 호기의 자존심이 여지없이 무너지는 순간이었다. 호기는 똘마니 인수, 재필이를 꼬드겨 일을 낸 것이다.

　호기의 눈길을 피해 비탈길로 내려오는데, 인수, 재필이가 나를 쫓아올 것 같은 폼으로 눈을 부라리며 위협한다. 서두르는 내 맘을 따라주지 못하는 발걸음은 자꾸 소나무 뿌리에 걸려 앞으로 고꾸라진다. 호기네의 실실거리는 웃음이 내 몸에 묻어 피처럼 끈적하게 흘러내린다.

한낮의 도로는 한산하다. 마을 모든 사람이 바다 일을 하며 먹고 살기 때문에 낮에는 이 작은 읍내가 조용한 침묵을 견디고 있다. 책가방을 앞으로 메고 등을 구부리고 걷는 내 모습은 풍경과 섞이지 못하고 낯설다. 충남 건어물, 전라 건어물, 충북 건어물집 사이 골목을 지나는 동안 아는 얼굴이라도 만날까 봐 조바심을 내며 총총걸음을 걸었다. 아빠의 소문이 퍼진 다음부터는 사람들을 만나는 일이 무섭다.

배의 용접 부분이 고장 나면 수리를 해주는 주진 철공소와 대흥 철공소를 지난다. 어구 판매점에 허벅지까지 올라오는 장화가 천장에 매달려 바람 부는 대로 덜렁거렸다. 사람이 매달린 것처럼 기괴해 보였다. 재봉틀에 우비를 누비고 있던 어구 판매점 주인 최씨가 흘끔 나를 보더니 곧 하던 일에 집중한다. 어구점 가까이에서는 보망을 하느라 아줌마, 아저씨들이 한창 분주하다. 바다에서 건져 온 그물들은 헝클어지거나 구멍이 뚫린 부분이 많아 수선을 해주어야 한다. 통일호 아저씨도 보인다.

"어, 장군아, 학교 끝났냐?"

아저씨가 팔을 흔든다. 나도 손을 들어 인사를 한다.

"내일 보자, 팔뚝만 한 놈 한 번 잡아 보자구."

아저씨가 팔뚝을 허공에 대고 흔든다. 아저씨는 항상 유쾌하다. 누구도 나를 그토록 반겨주는 사람은 없다.

일요일이면 아저씨의 배를 타고 나가 고기 잡는 일을 거들어주고 돈을 번다. 통일호 아저씨네는 어판장 근처 회센터에서 아주머니가 〈꼭지네〉라는 횟집을 하고 있다. 회센터에서는 배를 가지고 고기를 잡는 어부들만이 횟집을 운영할 수 있다. 횟집에서 파는 횟감들은 보통 양식이 대부분이라 아저씨는 그물을 놓아 자연산 횟감을 잡아들이곤 했다. 세꼬시를 할 수 있는 노란 가자미, 돌참치, 놀래미, 쥐치 같은 자연산은 값이 비싼 좋은 횟감이다.

일손이 필요한 아저씨네 일을 도와주고 돈을 벌 수 있어 기분이 좋다. 새벽에 배를 타고 나가 그물에 걸린 고기를 갑판 위로 끌어 올리면 물고기 비늘이 햇빛을 받아 반짝였다.

산비탈에 있는 집으로 가기 위해 계단에 올라섰다. 겨우 발을 걸칠 정도의 계단에는 항구에서 버린 비닐이나 밧줄 쪼가리가 바람에 날려 와 쌓여있다. 하나, 둘, 계단의 수를 세며 올라간다. 백오십구를 세었을 때, 집 뜰에 발을 얹을 수 있었다. 겨우 집에 도착했다. 아래를 내려다본다. 꾸불꾸불한 길 모양이 꼭 생태 배를 갈라 꺼내 놓은 곤지를 닮았다.

우리가 사는 이곳은 낮은 산이라 해도 좋을 정도로 높다. 함부로 발을 디뎠다가는 항구까지 내리굴러 그물에 걸려들 수도 있다. 눈이 오는 날이면 엄마도 나도 쩔쩔맨다. 요즈음에 이런 집에 사는 애들은 없다. 겉에서 보면 우리 집은 사람이 살지 않는 빈집처럼 보인다. 빨랫줄에 널어놓은 생선들이 그나마 사람이 살고 있다는 기척을 알려 준다.

갯내를 품고 온 바람이 콧속의 점액질을 후빈다. 비릿하다. 몸을 바다 쪽으로 돌렸다. 방파제 너머로 조업을 끝내고 돌아오고 있는 어선 두 척이 보인다. 삼각형의 깃발이 깃대에 꽂혀 펄럭이고 있다. 배의 고물에는 〈동양호〉와 〈금성호〉라는 통통배의 이름이 적혀있다. 갈매기 떼가 비단길을 따라 배를 호송하듯 뒤따라온다. 멀리 파도가 넘실대며 방파제를 적시고 있다. 종잡을 수 없는 것이 파도다. 저렇게 조용하다가도 성을 내면 으르렁대며 마을 입구까지 넘쳐난다. 파도는 위험하면서도 매력적인 존재다.

손길이 안 간 마당엔 잡풀이 듬성듬성했다. 잡풀 사이로 해당화 한 송이가 피어있다. 바닷바람을 타고 날아온 씨앗이 피워올린 해당화 한 송이. 나는 손가락을 줄기 사이로 집어넣어 손바닥 위에 꽃을 올려놓았다.

엄마는 오늘도 새벽부터 오징어 손질을 나갔다. 오징어의 배를 가르고 내장을 빼낸 다음 가지런히 해 덕장으로 보내는 일이다. 엄마에게는 일거리가 끊이질 않는다. 양미리를 그물에서 떼어내면, 생태를 다듬는 일거리가 줄을 잇는다. 요즘은 생태가 잡히지 않아 러시아산 동태를 다듬는다.

겨울철에도 엄마는 새벽 4시면 일어나 어김없이 어장으로 향했다. 옷을 겹쳐 입어 뚱뚱해진 데다 입과 코만 나오는 모자를 쓰고 긴 장화를 신은 엄마의 모습은 무뚝뚝하고 뚱뚱한 아저씨를 보는 것 같다. 동태를 손질해서 덕장으로 보내고 창란과 명란은 젓갈 공장으로 보낸다. 엄마는 가끔 아가미를 얻어 와 깍

두기를 담갔다. 잘 삭은 서거리를 씹는 맛은 일품이었다. 엄마는 내가 등교하기 전에 집에 들어온 날에는 아직 비린내가 가시지 않은 손으로 용돈을 집어주곤 했다. 물론 아빠가 뺏어가는 돈에 비하면 새 발의 피다.

한 달 전에도 코빼기도 안 보이던 아빠가 갑자기 나타나 엄마가 벌어놓은 돈을 내놓으라며 한바탕 난리를 쳤다. 내게 힘이 있으면 아빠를 그대로 방바닥에 내리꽂아 버렸을 것이다. 불행히도 나는 엄마를 닮아 키가 작고 몸집도 작다. 얼굴의 주근깨도 엄마를 빼다 박았다. 그것이 아빠가 나를 무시하는 이유다.

"제 에밀 닮아서 틀려먹었어. 사내자식이 써먹을 데가 있어야지."

아빠보다 더 써먹을 때가 있는게 나다. 아빠 같은 인간이야말로 정말 틀려먹었다. 허우대가 좋아 봐야 자기 가족을 두들겨 패는데 쓰는 인간은 쓰레기다. 나는 엄마를 닮은 것이 좋다. 시간만 나면 나와 엄마를 상대로 행패를 부리는 아빠를 닮지 않은 것이 얼마나 다행인지 모른다.

"엄마에게 손대지 마"

그날 내가 아빠를 가로막았다. 아빠는 내 가슴을 주먹으로 내리쳤다.

"주제에 애비에게 대들어?"

아빠의 눈에서는 푸른 불꽃이 튀었다. 온몸을 구타당한 내가 머리 위에 손을 얹고 주저앉은 다음에야 아빠는 집을 나가 버렸다.

"에이, 변변치 못한 놈."

"날 때리슈, 날 때리슈, 대신."

하던 엄마는 날 붙들고 통곡했다.

아침에 보니, 가슴팍이 시퍼렇게 멍이 들어 있었다. 그날도 호기는 내 가슴에 든 멍을 조롱하며 나를 때렸다.

얼굴도 보지 못한 내 할머니가 길가에 버린 아빠는 고아원에서 자랐다. 아빠와 엄마는 구로공단에서 만나 결혼했다. 아빠를 만났을 때 엄마는 옷을 만드는 원단의 포르말린 냄새 속에서 시들시들 말라가는 중이었다. 엄마의 월급은 도마뱀처럼 몸을 끊고 동생들에게로 달아났다.

재단사이던 아빠가 중부시장에서 운영하던 옷 가게가 불타버리자, 아빠는 더 이상 일을 하지 않고 술타령에 신세타령을 섞어 하루하루를 폐휴지로 만들어 날려 보냈다.

사는 것이 힘들었던 엄마는 일거리가 많은 바닷가로 이사를 했다. 아빠는 종점 다방에서 빈둥거리며 다방 아가씨들과 장난질이나 하며 하루를 보냈다. 공짜 술이 얻어걸리면 노닥거리다 엄마에게서 뺏은 돈으로 고기를 입찰하고 돌아온 아저씨들과 어울려 화투를 치기도 했다. 하지만 한 번도 엄마에게 돈을 갖다주는 것을 본 적이 없다.

방 안에는 엄마의 몸이 빠져나간 옷이 물끄러미 나를 바라보고 있다. 미닫이 칸으로 되어있는 엄마 방과 내 방은 사실은 하나의 방이나 다름없다. 교복을 벗어 던져놓고는 배를 깔고 엎드린다. 방구석에 엄마가 말려 놓은 미역귀를 하나 끄집어내어 우물우물 씹어본다. 짭조름한 맛이 허기를 달래준다. 머리맡에 몇 번이고 읽은 〈갈매기의 꿈〉이란 소설을 들척였다. 〈좋은 사람이 되세요, 국어 선생님이〉라고 적혀있는 첫 장을 들춰 보았다. 내가 태어나서 처음으로 받아 본 선물이다.

국어 시간에 선생님이 우리에게 〈잊지 못할 선생님〉이란 제목으로 산문을 쓰라고 했을 때, 선생님은 낭만적인 내용을 기대하셨겠지만, 나는 초등학교 4학년 때, 담임의 질문에 대답을 못해 슬리퍼 짝으로 얼굴을 얻어맞은 이야기를 썼다. 선생님은 그 글을 인상적인 글이라고 칭찬했다. 부끄럽고 추한 내용이라도 자신에게 정직하면 좋은 글이 될 수 있다고 말했다. 나는 이 책을 외울 정도로 읽었다. 이 책에서는 '높이 나는 새가 멀리 본다'라고 하지만 나는 높이 날 수 없다. 그러니 멀리 볼 수도 없다. 나는 낮게 날더라도 자세히 보고 싶다. 나처럼 작고 보잘 것 없는 것들을 사랑하고 싶다.

학교에서 내게 유일하게 다정했던 사람은 국어 선생님이었다. 나는 선생님께 선물을 했다. 봄 소풍 가던 날 집에서 말린 오징어 열 마리를 신문지에 둘둘 말아서 선생님께 내밀었다. 선생님은 귀한 물건이라면서 받았다. 호기는

"너 국어 좋아하지?"

하며 놀려댔다. 그래 좋아한다. 그래서 어쩌란 말이냐. 내가 국어 선생님을 좋아한다고 해서 지구가 멸망이라도 한단 말이

냐. 더러운 자식들.

"장군이 어멈 있나?"

영실이 할머니가 힘겨워하며 우리 집 마루 문을 드르륵 연다. 일을 끝내고 들어와 잠시 누워있던 엄마가 벌떡 일어나 할머니를 안으로 모신다. 나는 미닫이 옆방에 누워 미동도 하지 않는다. 영실이 할머니가 영실이를 데리고 도시로 간다고 한다. 영실이 공부 때문이기도 하지만, 영실이가 입양한 아이라서 사람들에게 업신여김을 받을까 봐 걱정이 돼서라고 했다. 영실이 할머니는 논밭을 팔았다고 했다.

할머니가 혼자 사는 거 아는 사람이 한 일인지는 몰라도 눈이 오는 날, 할머니 집 문 앞에 아기가 버려져 있었다고 했다. 할머니는 주님의 뜻으로 받아들이고 열심히 영실이를 키웠다. 영실이는 벌써 초등학교 5학년이다. 할머니는 혼자 몸으로 알뜰하게 돈을 모아서 논, 밭을 샀다.

논, 밭은 영신 슈퍼에게 팔고 오늘 저녁 잔금을 받기로 해서 이번 부활절만 이 교회에서 지낸다고 한다. 나는 영실이 할머니가 떠난다는 사실이 너무 섭섭했다. 엄마에게 잘해주는 유일한 이웃이었는데 그마저 떠난다니 마음이 아팠다.

"섭섭해 어쩌나."

엄마의 성화에 끌려 나와 인사하는 나를 영실이 할머니는 몹시 섭섭해하며 안쓰러워했다.

엄마가 부엌으로 들어가더니, 작년 봄에 말려 두었던 미역 두

오리를 신문지에 싸서 들고나온다.

"겨울에는 끓여 두어도 변하지 않는 미역국이 좋아요. 가져가서 드세요."

"고마워, 누가 장군이 엄마만큼 엽엽한 사람이 또 있을라?"

엄마가 할머니를 모시고 언덕 아래로 내려간다.

아빠의 일이 있고 난 후, 엄마는 교회를 다니기 시작했다. 영신 슈퍼 아줌마가 우리 엄마를 전도했다. 엄마는 기도에 열심이었다. 나에게도 다닐 것을 권했다. 교회에 다니는 사람들은 우리 모자에게 호의적이다. 속은 어떤지 몰라도 웃으면서 대해주니, 세상이 살만하구나 싶다.

교회에서 엄마와 가장 친한 사람은 영실이 할머니다. 엄마는 바닷가에서 뜯은 지누아리를 간장에 담가 밑반찬으로 만들고, 태박을 쪄서 밀가루를 묻히고, 돌김을 숟가락으로 긁어내어 고르메 자반을 만들어 영실이 할머니와 나누어 먹었다. 영실이 할머니도 밭에서 기른 고구마, 감자 등을 우리와 나누어 먹었다. 영실이 할머니가 바구니에 먹을 것을 담아 허리를 구부린 채 계단을 걸어 오르면 엄마는 곤두박질하듯 달려 내려가 바구니를 받아왔다.

요즘 엄마는 교회에서 영실이 할머니와 친하게 지내며 활기가 생겼다. 어쩌다 맛있는 음식을 만들면

"이건 영실이네 줘야지."

하고 남겨두었다.

나도 영실이네처럼 여기를 뜨고 싶다. 그러나 엄마와 내겐 돈

이 없다. 엄마는 아무런 푸념도 하지 않지만, 엄마의 속을 내가 안다. '돈이 있으면 이놈의 곳을 떠 버릴 텐데' 하는 엄마의 속내를 선잠 속에서 잠꼬대로 들었다.

나는 거울을 보며 권투선수처럼 폼을 잡아보았다. 플라이급도 안 되는 서글픈 복서의 야윈 어깨가 보였다. 학교에서 호기는 툭하면 아이들의 머리를 툭툭 건드리곤 했다. 약한 아이들은 그래도 뭐라고 대들지 못한다.

호기네들이 없을 때, 몸이 약한 아이들은 끼리끼리 모여서 언제 힘을 길러 저놈들을 한번 박살 내보자고 결기를 다지곤 했다. 그런 날이 오지 않으리라는 것을 우리는 잘 알고 있다. 그래서 나는 울고 싶다.

마을 사람들은 아빠 일을 잊어버린 것 같다. 발걸음도 않던 사람들이 슬슬 발걸음을 시작하고, 아무 일도 없던 옛날로 돌아가는 기분이다. 떠돌이 여자는 어디로 가버렸는지 보이지 않았다. 아빠도 어디로 가 버렸는지 집에는 들어오지 않았다. 차라리 다행이다.

나도 이제 1년만 버티면 실습을 나갈 수 있다. 그러면, 이 똥통 같은 학교로부터 벗어나겠지만 공장 쇳밥을 먹을 생각을 하면 기분 꿸이다. 지난번 종필이형이 실습 갔다 와서 심하게 아팠는데, 그때 하는 말이 공장에 적응하는 일이 쉽지 않다고 했다. 컨테이너 박스에서 여럿이 잠을 자고 작업량이 너무 많아 야근이 일주일에 사흘은 된다고 했다. 게다가 힘든 일이 많고 작업

량을 채우지 못하면 반장에게 불려가 호되게 혼이 난다고 했다.

나는 실습 나가는 일이 무섭다. 차라리 튀김 닭 배달을 하거나 피자 배달을 하는 편이 나을 것 같다. 엄마에게 얘기해 보았더니, 엄마는 내 의견에 반대다. 처음부터 모양 있는 직장이 있어야 결혼을 할 수 있다고 했다. 나는 결혼을 못 할 것 같은데도 말이다. 요즘 여자애들은 나같이 열악한 체구의 남자애들은 쳐다보지도 않는다. 나도 여자애들에게는 관심이 없다. 내가 관심이 있는 여자는 엄마뿐이다.

일을 끝내고 온 엄마의 등을 밀어준 적이 있다. 엄마는 큰 고무 함지를 방 안에 들여놓고는 몸을 씻는 중이었다. 내가 등을 밀어준다고 하자, 엄마는 앞으로 몸을 구부렸다. '어이 시원해' 하는 엄마의 목소리가 앙상한 갈비뼈들 사이에서 울렸다. 엄마나 나는 서로 말을 잘 하지는 않지만 서로의 속내를 누구보다도 잘 알고 있다. 시간이 지나 엄마가 늙어 가벼워지면 엄마를 업고 다닐 것이다. 나는 오래도록 엄마와 함께 살 것이다.

엄마가 영실이네 송별회가 있어서 늦는다고 했다. 방 안에서만 뒹굴자니 심심해졌다. 나는 항구로 내려가기 위해 집에서 나왔다. 계단을 밟고 내려서니, 그물로 쳐 놓은 밭 안에 고추, 옥수수, 콩 싹이 파릇하게 고개를 내밀고 있다. 어서 커, 나는 아기를 어르듯이 말을 건다. 바람이 분다. 미역의 점액질 같은 짭조름한 냄새가 빈속을 후빈다. 어판장에는 관광객들이 생선을 사고 회를 썰어가는 모습이 보인다. 여전히 배들은 바다로 나가고 바다에서 돌아온 어부들은 보망을 하느라 바쁘다.

끼룩, 철썩, 우우웅. 갈매기와 파도와 무적 소리가 한데 섞이며 나를 바다의 파장 안으로 끌어들인다.

항구 쪽으로 걸어간다. 늦게까지 관광객이 있을까 해서 붉은 등을 켜놓은 건어물집 몇 집을 빼면 거리는 한산하다. 가게 앞에 내걸린 오징어들이 빨랫줄에 일렬로 매달려 말라가고 있다. 나는 시간을 깨기 위해 이리저리 돌아다닌다.

다시 주머니에 손을 찌른 채 초등학교 앞 문구사로 내려간다. 이미 학교가 파한 뒤라, 몇몇 아이들만이 남아 인형 뽑기를 하거나 게임을 하고 있다. 전에도 인형을 뽑아 엄마에게 줬더니, 너무 좋아했다. 천원을 지폐 투입구에 집어넣었다. 투입구의 아가리가 기분 좋은 흡입력으로 천 원짜리를 빨아들였다. 집게를 이리저리 움직여 보았다. 어! 엄마가 좋아하는 한복 입은 인형이 잡힐듯하다가 미끄러져 갔다. 오늘은 영 재수가 없다. 천 원짜리 두 장을 빨리고 힘없이 터덜터덜 걷다가 나도 모르게 패밀리 편의점으로 발길을 돌린다.

골목길을 빠져나가는데 골목 끝에 얼핏 기대서서 담배를 피우고 있는 놈의 등이 보인다. 건방지게 담배를 문 입을 하늘로 치켜들고 엉덩이는 뒤로 뺀 모습이 낯익다. 엇, 호기다. 숨을 죽인다. 담배를 다 피운 호기가 다시 편의점 안으로 들어간다. 나는 그제야 발걸음을 옮긴다.

편의점 유리창에 붙여 놓은 '일 플러스 일' 광고를 읽으며 빠르게 발걸음을 옮기는데 안에서 키들거리는 호기네 패가 보인다. 얼른 몸을 돌려가려는데, 인수가 문을 열고

"야, 개비개비 들어와"

나는 호기 패거리가 무서워 바닷가로 줄행랑을 놓았다.

바닷가를 한 바퀴 돌았다. 어두컴컴해서 앞이 잘 보이지 않았다. 멀리 서치라이트가 돌 때마다 눈앞이 대낮처럼 환해졌지만 내 알몸이 드러나는 것 같아 섬뜩했다. 소금기 묻은 습한 바람이 얼굴을 스쳤다. 등대를 쳐다보았다. 나는 등대에 올라가 본 적이 없다. '겁쟁이' '멍청이'. 나를 비웃는 소리가 들린다.

바다가 내 등을 떠민다. 나는 등대 위로 올라간다. 계단을 타고 오르는 동안 파도 소리가 내 등 뒤에 와서 부서진다.

멀리 바다가 일렁이고 있다. 등대 옆을 돌아 나오는데, 뭔가 발끝에 걸리는 게 있다. 보지도 않고 손끝으로 집어 드니 잭나이프다. 낚시꾼이 잃어버린 물건일 것이다. 나는 나이프를 손에 잡는다. 쓸모있는 물건이다.

배가 묶여 있는 항구 쪽으로 걸어간다. 용골들이 서로 밀어대는 소리가 들린다. 캄캄한 바다 위에 배들이 서로 기대고 있다. 나는 통일호를 찾았다. 등대의 서치라이트가 통일호를 휙 스치고 지나간다. 배 난간을 붙잡고 껑충 배에 올라탄다. 배가 가볍게 출렁거린다.

나는 바다를 본다. 검은 침묵이 바다와 나 사이를 꽉 채운다. 나는 바다를 채근하는 사람처럼 배를 이리저리 흔들어 본다. 세상의 모든 것이 나를 밀어내도 바다는 나를 밀어내지 않을 거라는 믿음이 있다. 그러나 아무런 목소리도 들려주지 않는 바다를 볼 때마다, 바다조차도 나를 밀어내는 것은 아닌가 하는 불안이 나를 우울하게 한다.

항구에서 나와 골목길로 접어든다. 이른 저녁을 먹고 잠자리에 든 사람, 영실이네처럼 교회에 가 있는 사람들이 있어 동네는 조용하다. 영실이네 집 근처를 지나가는데 호기의 목소리가 어둠 속에서 또렷이 들린다. 이놈들이 무슨 냄새를 맡았나 보다. 제기랄, 똥 같은 놈들. 몸이 덜덜 떨린다. 고양이처럼 웅크린 자세로 엎드려 놈들을 지켜보았다. 호기가 영실이네 집 삽짝문을 살짝 젖히고 들어선다. 인수, 재필이도 따라 들어선다. 장갑까지 끼고 온 폼이 영락없이 도둑놈이다. 나는 주머니에 들어 있는 나이프를 만지작거렸다. 순간 잭나이프를 마음대로 사용하고 피도 안 흘리게 배에다 금을 죽죽 긋는다며 으시대던 호기의 공포스러운 목소리가 내 귓속을 쿡쿡 찔렀다.

호기가 툇마루 위로 올라서는 소리가 들린다. 깜깜해서 어디가 어딘지 분간이 안 되는 모양이다. 문은 굵은 자물쇠로 단단히 잠겨 있을 것이다. 호기가 집 뒤로 재필이에게 돌아오라는 신호를 한다. 나도 숨을 죽이고 살금살금 기어서 쫓아간다. 집 뒤로 돌아가니 창문이 보인다. 호기가 재필이 등을 밟고 올라선다. 호기가 쇠꼬챙이를 넣고 잠금쇠를 비트니 툭 하고 뭔가 떨어지며 창문이 열린다. 호기가 창문으로 머리를 디밀더니 신음 소리를 낸다. 호기가 살짝 안방으로 뛰어내린 다음 방문을 열고 똘마니들을 들어오라는 신호를 보낸다. 내 아랫도리에서는 오줌이 찔끔 나온다.

호기와 인수가 어둠 속에서 영실이 할머니의 돈을 찾는 소리가 들린다. 내 옆에 납작 엎드려 있던 고양이가 후다닥 뛴다. 이번에는 '야옹'하며 길고양이가 저쪽으로 건너뛰는 소리가 들린다.

'씨발, 고양이 새끼'하고 호기가 씹은 껌을 뱉듯이 내뱉는다. 호기와 인수가 옷장 문을 열고 서랍을 앞으로 뺀다. 그리고 어둠 속에서 이리저리 돈다발을 찾아 헤맨다. 호기가 속옷들이 들어있는 서랍을 들치더니, 둘둘 만 헝겊을 꺼낸다. 호기가 재필이 품 안에 헝겊 뭉치를 던진다. 재필이가 헝겊 뭉치를 재빨리 풀어본다.

"에이, 씨팔, 종이밖에 없어."

호기, 인수가 다시 돈다발을 찾으려고 몸을 숙였다. 나는 입안에 침이 마르고 숨이 가쁘다.

나는 온 힘을 다해 방안으로 뛰어든다.

"이 새끼들아."

소리를 지르며 호기의 다리를 잡아챈다. 순간 깜짝 놀란 호기가 다리를 쥐고 있는 나를 내려다본다. "어쭈, 이게 누구야. 개비네. 야 이 씨발놈아, 너 뭐야. 지랄 염병을 떨고 있네. 그래 이 새끼 너 오늘 제삿날이다. 나한테 기어올라?"

나는 있는 힘을 다해 호기의 오른쪽 손등을 물어뜯는다. 입안이 찝찔하다. 호기가 신음 소리를 내뱉는다.

눈알이 벌게진 호기가 왼쪽 주먹으로 내 가슴을 내리친다. 명치 끝이 무너지듯 아프다. 나머지 놈들이 합세한다. 한 놈이 주먹으로 오른쪽 턱을 친다. 내 입가에선 피가 흐른다. 입안이 찝찔하다. 배를 구부렸다. 재필이가 내 왼팔을 붙잡고 움켜쥔 배 안쪽에 강타를 날린다. 코에서 피가 터져 나온다.

"이 새끼가 완전히 미쳤네. 겁도 없이 어디서 나대?"

호기가 목소리를 높인다. 나는 마지막으로 주머니의 잭나이프를 꺼내 들고 호기에게 달려든다. 호기가 발길로 나를 걷어찬다. 잭나이프가 손에서 떨어진다. 쿵, 나는 단번에 방 안에 나가 떨어진다. 골목 안에서 갑자기 사람들의 목소리가 들린다. 놀란 호기네가 튀는 소리를 들으며 정신이 까무룩 해진다. 통증이 나를 후빈다.

일요일에 통일호가 묶여 있는 항구로 나갔다. 아저씨가 반색을 했다.

"여, 용케 일어났네."

배가 기우뚱거렸다.

나는 쇠기둥에 묶인 닻줄을 풀었다. 배가 바다 쪽으로 밀려가려 했다. 줄을 한 손에 감아 들고 배 위로 훌쩍 올랐다.

"뱃놈이 다 됐네."

아저씨가 발동기를 돌리자 통일호가 미끄러지듯 바다 위로 나가며 물살을 갈랐다. 나는 작살을 들고 있었다. 지난여름 스쿠버 다이빙을 하던 사람들이 바닷가에 두고 가 버린 작살을 하나 주웠다. 나는 작살을 제대로 날려 고기를 잡고 싶은데 잘되지 않았다. 언젠가는, 언젠가는 이 날카로운 창으로 호기놈의 머리통을 꿰뚫으리라.

"작살은 뭐하려고?"

"고기 잡으려고요."

"작살 쓰려면 잠수를 배워야 하는 법이야."

나는 잠수를 할 줄 모른다.

"몸 아끼고 살 생각 마라. 몸으로 하는거 뭐든 배워두면 다 쓸모가 있다. 올여름에 잠수 배울 생각 있나?"

아저씨가 나를 보았다. 아저씨께 무엇을 배운다면 다 좋을 것이다. "네. 전 아저씨의 모든 걸 다 배울 거예요."

아저씨가 그물을 놓은 수심 깊은 곳으로 배가 천천히 움직여 나갔다. 아저씨와 나는 그물을 건져 올렸다. 제법 고기들이 걸려들었다. 갑판 위에서 고기들이 펄떡펄떡 뛰어올랐다. 아저씨가 사시미칼을 꺼냈다. 아저씨는 오늘도 맛있는 회 한 점을 맛보실 모양이다.

노란 가자미를 집어 든 아저씨가 뼈째 새꼬시로 썰었다. 초장에 듬뿍 찍어 입 안에 넣고는 음미하듯 맛을 보았다. 햇빛이 아저씨 이마 위에서 빛났다.

"자, 너도 한 점 입에 넣어."

내 입에 아저씨가 크게 썬 회 한 점을 밀어 넣었다. 비릿하고 고소한 맛이 났다. 나는 꼭꼭 씹어 먹었다. 바다의 맛이 나를 떨게 했다.

"새꼬시 많이 먹으면 뼈가 튼튼해져."

갑판 위에서 날뛰고 있는 고기들을 잡아 통 속에 집어넣었다. 바다 위에서는 빨리 더워졌다. 등이 따가왔다.

나는 아침마다 바다를 보며 깊은 호흡을 한다. 태양의 불덩이를 밀어 올리는 바다의 무서운 힘이 어디서 오는 것인지 알고 싶다. 내 뒤에 버티고 있는 바다가 언젠가는 삶을 밀어 갈 비밀을 알려 줄 것이다.

새벽에 통일호 아저씨를 따라가려고 집에서 나오면 구름은 여러 모양으로 바다 위에 누워있다. 나는 그 신비한 풍경을 바라보느라 아저씨를 기다리게 한 적도 있다. 그 신비한 느낌은 내가 바닷속에서 태어난 아이처럼 느껴지게 한다.

나는 바다의 목소리에 귀 기울인다. 바다 밑 속에 잠자고 있는 깊은 목소리가 내 속에도 폭풍 같은 힘이 있다고 말해주기 때문이다.

무엇인가를 그만두는 것은 패배가 아니다. 나는 학교를 그만두었다. 언제나 골칫거리였던 학교를 그만두고 나자 세상이 새로 열렸다. 엄마는 학교를 그만두면 어쩌냐고 펑펑 울었으나 그까짓 똥인 학교를 그만두는 것이 내 인생을 되찾는 일이다.

나는 이제 바다에서 내 뼈를 굵게 할 것이다. 아저씨에게서 바닷사람의 모든 걸 배울 것이다. 언젠간 나도 내 배를 가질 것이다.

〈개비개비호〉. 내 별명이 진짜 내 것이 될 것이다. '개비개비.' 가볍고 자유롭게 바다를 누빌 것이다.

미궁

당신과 연락을 하지 않은 지 육 개월이 지났다. 일정한 금액의 생활비를 보내면 그것으로 당신에 대한 의무가 끝났다고 생각했다.

　요즈음 당신은 쓰러져 한 쪽 다리를 질질 끌어댄다. 이젠 그만 세상을 떠날 수 없는지 묻고 싶다. 내 속에서는 잔인한 살의가 철편처럼 번쩍거린다.

　며칠 전 전화통 속으로 머리를 디밀고 들어온 당신은

"니 애비 수의 외상으로 샀으니 백만 원 보내라."

하고는 뚝 끊었다. 아마도 오십 만 원쯤 하는 수의를 산 모양이라고 생각했다. 당신은 죽어서 자신이 담길 관도 외상으로 사 놓을 수 있는 사람이다. 오후 내내 당신에 대한 적의로 속이 시끄러웠다. 당신의 일방적인 강요를 이제는 도저히 들어줄 수 없다고 생각했다.

출근 시간이 가까워서야 나는 옷장에서 옷을 고르기 시작했다. 옷들 사이로 들어간 손에 물체가 닿는다. 검은색 사파리 속에 배터리가 나간 핸드폰이 들어있다. 전원을 연결하자, 부재중 남자의 방문이 찍혀있다. 남자가 내게 전화를 할 때는 분명 당신이 부탁하기 어려운 일이 생겼을 때다. 나는 남자에게 전화를 한다. 남자가 전화를 받는다. 내가 당신의 부탁을 들어줄 수 없다고 말하자 남자는

"어쩌냐, 니 에미가 덜컥 들여놓은 걸. 다리는 질질 끌고 다녀도 말은 펄펄 살아 뛰어다닌다."

'질질'과 '펄펄' 사이로 밤이 지나갔다.

남자의 젊은 날 사진 속엔 당신과 함께 찍은 사진이 없다. 꽃사과 나무 아래 더블 재킷을 입고 실크햇을 비스듬히 얹은 남자가 카메라를 향해 환하게 웃고 있다. 카메라를 든 이는 누구인가. 아마도 남자의 풋풋한 애인일 터였다.

아코디언을 연주하며 노래 부르기를 즐겼던 남자는 피아노를 연주하며 함께 노래를 부르곤 하던 손가락이 길고 흰 여자를 사랑했었다. 그때가 남자에게는 낭만의 계절이었다.

부모의 강요로 남자와 결혼했던 당신은 남자가 당신의 삶을 풍요롭게 해 주리라는 기대가 있었다. 당신은 한글을 겨우 떠듬

거리며 읽고 쓴다. 배우지 못한 당신이 창피하다고, 남자는 당신과 나란히 걷지 않는다. 당신은 배우지 못했다고 경멸하는 남자를 비웃는다.

당신은 늘 '배운 것들'하며, 남자와 나를 싸잡아 증오했다.
제사가 있었던 저녁이었다. 당신은 음식 준비로 바쁘고 남자는 일찌감치 두루마기를 차려입고 드문드문 찾아오는 친척들을 맞이하고 있었다. 단칸방에서도 제사를 크게 치르는 당신과 남자를 경멸했던 나는 일찌감치 옥탑방에 올라가 책을 읽고 있었다. 남자가 피워놓은 향냄새로 집안은 갑자기 종가의 고택처럼 엄숙해졌다.
당신은 돼지고기를 삶고, 녹두전을 부치고, 삼색 나물을 무쳐놓고, 탕이 끓고 있는 솥뚜껑을 열고 간을 보던 순간이었을 것이다. 그 순간 당신 속에 갇혀있던 해묵은 분노가 내장을 타고 치솟아 오르며 심장에서 가장 먼 곳 - 손, 발 - 을 움직였나 보다.
갑자기 옥탑방 문이 열리더니,
"배운 년 놈들은 똑같애."
하며 내게 달려들었다. 내 책을 옥상 바닥으로 팽개치더니, 내 윗옷의 단추를 투두둑 뜯어버렸다. 놀라 쳐다보는 내 얼굴에
"에이, 세상 몹쓸 년."
하고 한마디 내뱉고는 휙 내려가 버렸다. 여고생이던 나는 확 벌어진 앞섶을 여미며 모멸감에 치를 떨었다. 방에서는 제관으로 참석한 남자들이 제사도 올리기 전, 한 잔들 하느라 옥탑방의

소란을 알지 못했다.

팀장의 심부름으로 A4 용지 세 묶음을 가지러 옥상의 창고 문을 열었다.

쥐새끼가 교미를 끝내고 오줌을 갈긴 것 같은 냄새가 코를 찔렀다. 발밑엔 쥐똥도 굴러다녔다. 도시의 썩은 냄새를 통과한 쥐들의 습격을 받은 듯 몸이 흠칫 떨렸다.

A4, A3, B4, 용지 중에 더듬어 A4 용지 세 묶음을 꺼내려고 할 때였다. 누군가 내 손을 거칠게 잡아끌면서 벽 쪽으로 밀어붙였다. 어둠을 먹은 종이와 먼지 냄새가 머릿속을 파고들었다.

사내가 내 젖가슴을 움켜잡고 몸을 밀고 들어왔다. 내 몸을 밀어붙인 충격 때문에 쿵 하며 용지 세 묶음이 바닥에 굴러떨어졌다. 강하게 거부하는 내 몸을 따라 가건물 벽이 출렁거렸다. 어둠 속에 갇혀있던 동공이 빛을 빨아들여 열리기 시작하면서 사내의 웃옷에 붙은 명찰이 눈에 들어왔다. '김명식'이라는 이름을 머릿속에 집어넣는 순간 사내는 바닥에 떨어진 세 묶음의 용지를 집어 들고 나가버렸다.

휴학을 반복하며 전문대를 간신히 졸업한 나는 삼류 출판사에 취직했다. 돈에 깔려 죽을 정도로 돈만 번 인간이 내고 싶어 안달하는 자서전, 없는 뼈대를 만들어 세우려는 문중의 족보, 자기가 출판하고 자기가 다 사 버릴 시집이나 수필집을 발간하는 출판사였다.

처음 입사한 내가 하는 일이란 복사하기, 용지 조달하기, 이미 교정을 본 오자들을 사전을 뒤지며 정확하게 찾아 넣는 일이었다. 단순한 그 일들이 나를 지루하게 했다. 하루종일 복사기에 매달린 날, 열을 받아 뜨거운 복사기에 얼굴을 확 집어넣고 복사라도 하고 싶은, 건조하고 지루한 날도 있었다.

언뜻 나를 떠나갔거나 내가 떠나왔던 사내들이 그리워지기도 했다. 그들은 하나같이 내 어둠의 편린을 이해하지 못했다. 내 속엔 쓰레기 더미 위에 올라앉아 머리를 사타구니에 처박고 울고 있는 벌거벗은 계집아이가 있다.

내 어린 날, 당신은 자주 집을 비웠다.

"니 애비는 갑갑해"

하는 말을 늘 읊던 당신은 어둑해지도록 집에 돌아오지 않았다.

남자는 술을 마시고 돌아와 당신이 없는 것이 내 탓이기나 한 듯 여섯 살 난 나를 마당에다 내팽개친다. 나는 악을 쓰며 소리를 지른다.

"야, 이 새끼야. 왜 그래"

악만 남은 여섯 살은 독종이다.

어둑해진 집에 홀로 남아 있기가 두려운 나는 가로등이 뿌옇게 비추고 있는 고물상 주변을 배회하다 찌그러진 고철더미 꼭대기에 올라앉는다. 바람이 어둠을 덧칠하곤 가버린다. 술이 잔뜩 취한 당신은 비칠거리며 집으로 돌아온다. 당신을 발견한 나는 당신을 피할 수 없어 운다.

당신은 술 취한 걸음걸이로 비척이며 들어오다 골목길에 주저앉아 질펀하게 오줌을 누며

"어떻게 살꼬? 어떻게 살꼬?"

하며 통곡한다. 나는 당신을 골목에 두고 방으로 도망친다. 온기 없는 방 안에 누워 있는 나는 까맣게 물것들의 습격을 받은 듯 진저리를 친다.

여름날이었다. 당신은 머리에 솥단지를 이고 남자는 어항을 들었다. 피라미, 버들치, 빠가사리 등속을 잡아 어죽을 끓여 먹을 예정이었다. 나는 파티복 같이 주름이 층층이 잡힌 어망을 들었다. 햇볕을 받은 자갈은 뜨거웠다. 미루나무를 발견한 남자가 내게

"야, 저 반짝이는 잎사귀 봐라"

하며 감동적인 표정으로 나뭇잎을 가리키면서 발을 멈추자, 당신은

"아, 힘들어 죽겠네, 나뭇잎이고, 콩잎이고 간에 빨리 가요."

하며 소리를 내질렀다. '하여간 배운 것들이란' 말은 당신 입속에서 도로 삼켜졌을 것이다.

당신은 배운 것들의 무력함을 안다.

당신은 세상을 두려워하지 않는다. 무엇이든 할 수 있다고 생각한다. 당신은 남자를 볼 때마다 코웃음이 나온다. 당신이 폭풍우처럼 터져 내리는 계곡물을 치마를 걷고, 무릎으로 물살을

버티며 걷는다면 남자는 두 손에 신발을 들고 계곡물 앞에서 징 징대며 서 있을 것이 분명하다.

퇴직한 남자는 빚쟁이가 줄지어 찾아오자 아직 어린 나를 빚 쟁이 접대 상무로 내세우고는 뒷방에 숨어 창호지 문에 구멍을 내어 내다본다.

문을 열자 일수쟁이 할멈이 서 있다.

"오늘은 부모님들이 친척 집에 가셨는데요"

내 말을 들은 일수쟁이 할멈은 가는 눈을 더 가늘게 뜨고는 '너 그거 거짓말이지' 하는 표정으로 묻는다.

"언제쯤 오시냐?"

"글쎄요, 이삼 일 걸리실걸요."

여기서 일수쟁이 할멈은 체머리를 한 번 휘두른 다음 성큼 안 방 문을 열고 들어와 앉는다.

"오늘은 꼭 만나고 가야지."

개켜놓은 이불을 끌어당겨 아예 비스듬히 눕는다. 일수쟁이 할멈의 흰 머리칼이 이불 속에 묻힌다. 나는 '칵 죽어버려라' 하 고 저주를 걸며 방문을 닫고 나오다 일수쟁이 할멈의 신발을 걸 어찬다. 신발이 내동댕이쳐 뒤집어진다. 뒷방의 남자는 식은땀 을 흘리며 일수쟁이의 동정을 알려 주러 간 나를 애절하게 기다 린다. '저 할멈을 빨리 쫓아내 줘' 하는 표정으로.

일수쟁이 할멈이 남자가 뒷방에 있었다는 것을 몰랐다고는 생각하지 않는다. 아마 할멈도 피곤했을 것이다. 일일이 수첩을 꺼내 이자를 받고 도장을 찍으러 다니는 할멈의 얼굴에는 돈이 부푸는 만큼 살가죽이 뼛속으로 침윤하면서 살갗에 골짜기를 만들었다. 할멈은 이불에 머리를 누이고 한잠 자고 나서 기분이 좋아진 듯했다. 할멈 속의 악령이 순해진 모양이라고 나는 생각했다. 나는 할멈이 갈 때까지 옆에서 책을 읽는다. 그게 당신이 시킨 일이다. 일수쟁이 할멈에게 당신은 내가 얼마나 공부를 잘 하는지 과장해서 말하곤 했다. 내 속에서 변호사, 판사, 의사, 사업가가 막 튀어나온다. 잠에서 깬 할멈은 나를 기특하게 여긴다. 부모의 부재를 문제 삼지 않고 순해진 목소리로

"공부 잘 해라이"

하며 뒹굴고 있는 신발짝을 찾아 신고 나선다. 일수쟁이 할멈이 집을 나서는 소리가 나고서야 뒷방에 기척이 있다. 남자는 트레이닝복에 슬리퍼를 끌며 안도한 듯이 비척거리며 나온다.

처음 직장을 얻고 나서 삼 개월 후 집을 찾아갔다. 어둑한 시간에 시외버스에서 내린 나는 집을 찾기 어려웠다. 주인집 전화로 들었던 이사 간 집의 위치는 날이 어둑해지자 더 찾기 어려웠다. 한 달 사이 당신은 집을 옮겼다. 집이라고도 할 수 없는 한 칸의 방, 아마도 전기세를 밀렸거나, 방세를 밀렸거나 했을 터이다. 내가 머물렀던 방들에 성냥갑을 쌓아 올리듯 올리면 얼마나 높을까, 나를 좌절하게 했던 그 방들은 성냥갑 속에 나를 가둔다.

이미 날은 쌀쌀해지고 동네 상점 안에는 일에 찌든 사내 둘이 곤계란을 쌓아놓고 소주를 마시며 벗은 내 몸을 훑듯이 흘끔거렸다. 같은 도시 안에도 이토록 낯설고 음험한 풍경이 있다니. 종종거리며 걷는 내 신발 밑창에는 불안이 잔뜩 묻어있다.

당신이 일러준 대로 연탄 가게를 돌아 짠 고등어와 콩나물과 고무 함지 속에 들어앉은 두부가 흐릿한 알전구 빛 아래 초라하게 놓여 있는 가게를 찾았다. 가겟집 방 한 칸에 당신과 남자는 이제 막 끝난 것 같은 밥상을 물려 놓고 봉투를 붙이고 있다. 방 안에는 봉투가 벽을 밀어낼 듯이 쌓여있다. 쌓여있는 봉투가 쓰러져내려 옹색하게 앉은 부모를 매장시켜 버릴 것 같다.

"오십 장을 붙여야 겨우 이백 원 벌이다."

당신은 내가 부친 돈이 너무 적다고 말한다. 당신은 내게 돈을 무리하게 요구한다.

당신과 내가 집 앞에서 서로 쏘아보며 서 있다. 아침에 다시 직장으로 떠나야 하는 나를 당신은 막아서며 돈을 더 보내겠다는 약속을 받아내려 한다. 내 머릿속에는 옷 가게 〈프리티 걸스〉에 걸려 있던 빨간 원피스만이 또렷하게 돋아난다. 나는 당신을 쏘아보다가 휙 돌아서서 골목 끝으로 내달린다. 당신이 내 이름을 부른다. 당신을 돌아보지 않고 달리는 내 마음속엔 당신이 내 발 앞에 뱉은 더러운 타액처럼 슬픔이 끈적였다.

옥상의 가건물에서 나를 밀어붙였던 김은 어색한 표정으로 내 주위를 빙빙 돌았다. 오히려 나는 아무렇지도 않게 김을 받아주었다.

김은 어떻게든 둘이 있는 시간을 만들려고 했다. 그럴 때면 김은 뜨겁게 내 몸을 더듬고 싶어 했다. 그 이후로 김은 쭉 나의 애인이었다. 그러나 뜨거운 애인은 아니었다. 탱탱하게 말라진 몸은 열리지 않았다. 매번 김은 열리지 않는 내 몸 위에서 애를 쓰다가 시들하게 정액을 쏟아내고는 말없이 등을 돌리고 담배를 피웠다. 정사는 쓸쓸했다.

김이 이름만 모텔인 허름한 방에서 내 몸속으로 들어왔다 빠져나간 후 더듬더듬 변명을 시작했을 때, 나는 김이 왜 이렇게 친숙하게 느껴지는지가 의아했다. 김이 자신은 아내와 이제 두 돌 지난 아이가 있다며 등을 돌린 채 담배 연기를 섞어 '미안해'를 연발했다.

아무래도 좋았다. 내게는 근사한 미래가 오지도 않겠지만 근사한 미래는 오히려 내게 불편한 옷이었다. 내게 무슨 희망이 있었던가. 당신이 내 어미로 있는 한 나는 당신의 거짓말, 끝없이 뒤집어대는 당신의 일상, 이미 타락해버린 당신으로부터 벗어날 수 없었다.

내게는 젊고 싱그러운 남자를 만나는 일은 몹시 불편한 일이었다. 어긋나 있는 것, 그것이 내게는 편했다. 김이 젊은 처녀애의 표정이 너무 담담한 것에 실망했던가. 이제는 그 순간이 생각나지 않는다.

키가 작고 바싹 마른 건초 냄새가 날 것 같은 김은 초조할 때면 늘 담배를 입에 문다. 앞이빨에 검은 담뱃진이 배어 있는 것을 숨기지 못한다. 김의 생은 누구에게도 주목받지 못한다. 그의 어깨엔 아내와 어린 아들과 시골에 있는 노부모의 삶이 덤으로 얹혀 있다.

김과의 시들한 정사는 습관처럼 반복되었다. 생의 밑바닥까지도 아무렇지 않게 내주는 것. 그것은 삶에 대한 나의 조롱이었다.

당신은 남자의 퇴직을 부추겼다. 동사무소에서 만년 직원이었던 남자의 봉급은 당신을 만족시키지 못했다. 주민등록 등본이나 토지 대장 발급, 생활보호대상자 면담 같은 작은 일들이 몸에 밴 남자가 담배 냄새나 저녁 회식 때 먹은 삼겹살 냄새에 찌들어 집에 들어올 때면 남자는 반 토막은 줄어들어 보였다.

남자가 회식이 있던 날이었다. 남자는 삼겹살에 소주를 마셨고 노래방에 들러 문주란의 '동숙의 노래'를 불렀고, 동료들과 어깨동무를 하고 노래방을 나오다 웩하고 게운 녹색 점액질이 여직원의 단정한 플리츠스커트에 떨어졌다. 그에 대한 사과로 단란주점에서 삼 차로 술을 마셨다.
남자의 간이 기고만장해졌던가, 집에 들어와 당신을 보는 순간 증오감으로 죽어버리라며 밀어뜨리고 발길질을 해댔다. 당신은 발목이 부러져 입원을 했다.

당신이 백구두를 만난 것은 병원에서였다. 깁스를 해 목발을 짚고 다녔는데 갇히기 싫어하는 당신은 병원 주위를 돌아다니다 1층 병실 앞에서 화투판을 펼쳐 놓고 돈내기를 하는 패들을 보았다. 당신에게는 아주 홍미로운 발견이었다. 당신이야말로 그 자리에 적합한 사람이니까. 내가 어릴 때 당신은 화투판에서 남자한테 머리채가 질질 끌려오기 일쑤였다.

당신은 백구두를 신고 한쪽 다리는 깁스를 한 사람을 훈수 두기 시작했다가 다른 치들로부터 밤 가시 같은 눈총을 받았다. 당신은 입원해 있는 동안 백구두 패들과 자주 고스톱을 쳤고, 백구두를 통해 서울 소식을 들었다.

당신의 붉은 쫘리가 부풀기 시작했다. 일찍 병원을 퇴원한 백구두는 그 이후에도 병실에 들러 '누님 누님' 하며 번죽 좋게 떠들다 갔다. 원인 제공을 한 남자는 당신에게 기가 죽어지내야 했다. 백구두는 핸섬한 남자였다. 항상 흰 양복에 백구두를 신고 다녔다. 동사무소 서류 속에 파묻혀 있던 남자와는 사뭇 달랐다.

남자와 당신은 퇴직금을 들고 서울 관악구 봉천동으로 가 보신탕집을 열었다.

사실 그때 당신은 백구두의 말을 가장 신뢰하고 있었다. 당신은 서울이란 곳을 한 번도 가 본 적이 없었고, 백구두는 늘 서울에서 사업을 하고 있다고 떠벌리고 다녔다. 당신은 동사무소 책상 앞에 앉아 있는 남자를 생각할 때마다 갑갑증이 일어났던 터라 백구두의 말은 시원시원하게 들렸다.

　당신은 백구두가 소개한 봉천동 가게를 얻어 '봉천 보신탕'이
란 간판을 내걸었다. '봉천 보신탕' 건너편 건물 2층에는 원 다
방이 있었는데 백구두는 가끔 계란 노른자가 동동 뜨는 쌍화차
를 시켜 놓고는 당신을 불렀다. 당신은 사업 핑계로 남자에게
일을 시키고는 부리나케 얼굴에 분첩을 두드리고 원 다방으로
내빼곤 했다. 원 다방 구석에 앉아 있던 당신은 치마말기가 좀
죄어 온다고 느끼자, 치마를 휙 풀어 헤친다. 흰 속치마가 나붓
위로 솟았다 내려앉는다. 남색 바탕에 흰 두루미가 앉아 있는
무늬의 저고리 밑으로 아직 기름기 도는 흰 살갗이 보였다 감춰
졌다 한다.
　당신이 원 다방에서 백구두와 뜨거운 쌍화차를 후후 불어 마
시며 노닥대는 동안 남자는 펄펄 끓는 국솥을 열었다 닫았다 한
다. 서울 생활을 오래 했다는 백구두가 손님을 몰아다 주기를
기대하면서 남자는 대파를 숭덩숭덩 썰어 고무 함지에 쓸어 담
는다. 마늘을 까서 다지고, 풋고추를 씻어 놓는다. 국물이 설설
끓는 국솥에서 서비스용으로 나갈 간과 내장을 넓은 채반에 건
져 놓는다. 남자는 백구두와 만난 당신이 곧 손님을 떼거지로
몰고 오리라 믿고 있다. 곧 불이 일듯이 가게가 번창하면 보신
탕집은 당신에게 맡기고 은발의 노신사로 살아갈 수 있으리라
믿고 있다.
　백구두는 당신이 쥐여주는 몇 푼 돈을 즐기다 어느 날부터인

가 손님을 몰아오기는커녕 아예 나타나지도 않았다. 장사가 되지 않는 가게를 당신에게 넘기면서 이쪽저쪽 구전을 다 받아먹은 백구두는 더이상 볼 일이 없다는 듯 사라져 버렸다.

백구두는 실상 서울 사람은 아니었다. 시골에서 땅 팔아 온 돈으로 잠시 건들댔지만 먹고 사는 일이 아득해지자 시골을 돌아다니며 화투판을 벌이고, 안 나가는 가게를 적당히 구워삶아 구전을 받으며 살아가던 중 당신을 만났을 뿐이라는 것을 후에야 알게 되었다.

퇴직금은 나풀거리며 날아가 버리고 더 버틸 수 없게 되자 당신과 남자는 서울을 떠나 다시 홍천으로 돌아와서는 '노다지 보신탕' 집을 열었다. 당신은 빈손이었다. 원금보다 더 비싼 이자를 겁내지 않고 일수를 얻었다. 훗날 내 회사 앞에는 봉급날이면 일수쟁이가 끈질기게 기다리곤 했다.

'노다지 보신탕' 집은 길가에 있었는데 여름날 하수구에서는 개고기를 씻은 핏물이 흘러나갔다. 나는 짐승의 피와 내 피가 섞이는 것처럼 징그러웠다. 시뻘건 내 몸의 피가 하수구로 흘러나가는 것처럼 나는 꺽꺽 울었다.

'노다지 보신탕' 집엔 학교 선생들이 단골로 많이 들렀다. 한번은 당신이 집을 비운 사이 내가 다니는 학교의 물리 선생과 수학 선생이 문을 열고 들어서는 것을 보고 방으로 뛰어 들어가 숨었던 적이 있다. 그 뒤로 물리 시간이나 수학 시간만 되면 까

닭도 없이 칠판에 쓰인 부호들이 개 대가리가 되어 머릿속에서 떠다니고는 했다.

'노다지 보신탕' 집이 망하고, 당신은 작은 가게를 하나 얻어 잡화가게를 열었다. 2차선을 옆에 낀 가게에는 골방이 하나 있고 네 평 남짓한 진열대가 있었다. 골방에는 당신이 불러들인 투전꾼들이 득시글거렸다. 애인 사이인 남녀들도 있었는데 당신은 그들을 안전하게 보호하기도 했다. 남자는 골방 문턱에 앉아 담배를 팔거나, 술을 팔면서 시간을 보냈다. 내 방은 따로 얻었으나 당신은 들여다볼 시간이 없었다. 투전을 해 돈을 따야 하는 당신은 그럴 시간이 없었다.

남자는 더이상 당신과 일을 하지 않는다. 남자는 개다리소반에 당신이 들여놓고 간 김치, 부침을 안주 삼아 소주를 마시며 하루를 보낸다. 남자에게는 하루가 신기하게도 지루하지 않다. 소주 두 병을 마시고 나면 해가 서향집을 뜨겁게 달구기 시작한다. 남자는 방 앞 시멘트 봉당에 드러눕는다. 밑바닥이 뜨듯해지며 기분이 좋아진다.

봄이었다. 이제 여고 2학년인 내가 마루에 걸터앉아 있다. 당신은 당신 친구와 떨어져 앉아 얘기를 나누고 있다. 당신과 화투를 치고 술을 같이 마시던 여자였다. 두런두런 얘기 끝에 내게 와서 박히는 당신의 말.

"구멍도 채워주지 못하는 인간과 같이 사니 내 몸이 죽은 몸이지, 뭐"

그 순간 내 몸은 죽어버렸다. 당신에게서 나온 내 몸이 너무 천해서 달팽이처럼 습기 찬 마루 밑으로 사라지고 싶었다.

미처 끝내지 못한 원고 교정을 하려고 퇴근을 미루고 있었다. 김은 오늘도 나와의 만남을 위해 아내에게 야근이라고 둘러댈 것이다. 출판사에서 김이 하는 일이란 관리부장이라고는 하지만 허드렛일은 그의 차지였다. 야근은 그의 가족에게는 또 다른 수입을 보장했다.

원고 교정을 보는 액정화면 위로 문자가 난립한다. 이미 교정이 된 부분을 출력된 인쇄물과 대조하면서 확인하는 작업이다. 액정화면의 형광빛이 동공 안쪽을 찔러댄다. 주인 없는 자리에서 컴퓨터의 점멸등이 빨갛게 공간 속에 점을 찍는다. 팩스가 끼익 끽 먼 곳에서 오는 부호를 복사해 내고 있다.

컴퓨터 창에 원고를 띄워놓고 교정 작업을 하고 있을 때, 김이 '어때, 내일 한번 보자, 멋지게 차려입고 와' 하는 쪽지를 보냈다. 나는 풋, 하고 웃었다.

'나는 당신과 영원히 살고 싶어. 당신의 아이를 갖고 싶어.'

나는 쪽지를 보냈다. 커피 머신기 앞에서 밀크커피 버튼을 누른다. 커피를 꺼내 들고 유리창 앞에 서서 건너편 건물을 바라본다. 빛과 환락으로 가득한 그곳을.

당신이 병원에 입원했다는 소식을 남자가 전해왔다. 회사에 연가를 냈다.

동서울 시외버스 터미널로 가는 중이었다. 스산한 터미널 광장에 함부로 몸을 굴리는 낙엽이 발밑에서 으깨진다.

점심시간이 다 되어서야 홍천에 도착했다. 군인 서너 명이 의자에 앉아 잡담하고 있다. 벽에는 잡다하게 붙여진 포스터들이 시야를 어지럽힌다. 전광판에는 곧 출발하게 될 지역 이름과 시간표가 껌벅거린다. 터미널은 썰렁하게 귀향객을 맞이한다.

병원 1층 로비에서 남자와 마주쳤다. 나를 보자
"갑갑해서"
라며 어색하게 웃는다. 가벼운 인사와 함께 지갑을 꺼내 백만 원짜리 수표 한 장을 남자에게 내민다. 눈을 맞추지 않는 나를 바라보며
"고맙다."
남자가 말꼬리를 흐린다.

이런 따뜻한 말을 언제 들어 봤던가. 병원 창문을 타고 들어온 햇빛이 어둑한 복도에 환하게 떨어졌다.

혼자 병실로 올라가다 주머니에서 진동을 느꼈다. 핸드폰을 꺼냈다. 김에게서 메시지가 와 있다. '내겐 너무 무거워, 미안해' 쪽지를 확인한 김이 슬프게, 자신 없게 서 있다. 즉시 답을 한다. '후후, 그런 말 해보고 싶었어, 거짓말'. 울고 있던 김의 아내와 어린 아들이 무사하다. 김도 무사하다.

당신은 침대에 누운 채로 나를 맞는다. 당신은 잠자코 눈을 감고 있다. 남자가 나에게 기저귀를 갈아야 한다고 말하고는 밖으로 나갔다. 당신의 아랫도리를 엉덩이까지 내려놓고 물티슈를 뽑아 거웃 주위를 깨끗이 닦는다. 힘 잃은 음모 몇 올이 물티슈 밑으로 기어든다. 샅 사이가 거무튀튀하다. 마비된 오른쪽 다리가 툭 통나무처럼 옆으로 밀려난다. 다리를 가지런히 모으고 엉덩이 밑으로 기저귀를 밀어 넣다가 나를 내려다보며 입귀가 비틀리게 웃고 있는 당신을 본다.

아마도 당신의 죽은 몸이나 더듬을 줄 안 내가 살아있는 당신의 몸을 만지고 있어 놀란 표정이다. 지방기가 빠져나간 살갗 위로 살비듬이 툭 일어난다. 살과 뼈가 이루어낸 당신의 생애가 잠시 휴식을 취하고 있다. 왼쪽 다리가 움찔한다. 엉덩이 밑에 깔린 기저귀를 접어 올리려다 눈길이 잠시 멎었다. 내가 빠져나온 그 아득한 구멍에 시선이 닿는다.

거위요리를 아시나요?

〈풀꽃〉야학의 민선생은 프랑스 혁명을 공부하는 시간에 프랑스 귀족사회가 얼마나 방탕하고 타락했는가를 설명하면서 거위요리 이야기를 했다. 큰 책의 도색 화보를 보여주었는데, 거기에는 허리가 잘록 들어가는 화려한 드레스를 입은 숙녀들이 거위요리가 놓인 테이블에서 연미복을 입은 신사들과 파티를 즐기고 있었다. 어떤 숙녀의 희멀건 젖통이 신사와 키스를 하느라 가슴선의 레이스를 막 삐져나오려는 참이었다. 한 신사의 손은 이미 다른 숙녀의 두터운 몇 겹의 드레스를 들치고 아랫도리를 훌치고 있었다.

민선생은 혁명은 너무나 당연히 올 수밖에 없었다고 얘기했다.

식모살이하는 집에서 집 안 청소와 저녁 설거지를 마치고 야학에 온 나는 뒷등을 타고 오르는 졸음 때문에 눈을 부릅뜨고 있었다. 민선생의 설명은 귓불 아래에 닿았다 흩어지고 내 마음은 그 화려한 드레스와 파티에 대한 선망으로 꽉 차올랐다. 드레스 속을 훑치던 신사의 손에 대한 적의도 같이 타올랐다. 매일 민수에게 시달리는 나는 거위와 다를 게 없었다.

　수분 잃은 몸피와는 달리 노인의 식탐은 줄어들 줄 몰랐다. 아침 식사로 맑게 끓인 북어탕에 시금치 무침, 계란찜, 소금에 살짝 절여 올리브유에 볶아낸 오이를 상에 올려 냈다. 노인은 오른손으로 숟가락을 들고 시금치, 계란찜을 탕에 모두 섞어 입으로 가져갔다. 시금치 줄기가 아래턱에 걸려 있고 계란찜은 턱을 타고 흘러내려 다리 위로 뚝뚝 떨어진다. 나는 턱 받침을 목둘레에 둘러주고 수저를 빼앗아 숟가락 삼 분의 일 분량의 밥을 수저에 담아 북어탕에 슬쩍 적신 다음 계란찜을 얹어 입 안에 넣어주었다. 노인은 주는 대로 입을 쩍쩍 벌려가며 받아먹었다. 젖을 먹다 토한 아기의 젖비린내와는 다르게 시큼한 시취가 코를 후벼파는 것 같아 나는 콧구멍을 한껏 부풀리며 킁킁거렸다.
　노인이 밥 한 공기를 다 비웠다. 노인은 다리가 불편해서 방 아래로 내려 오지 못하고 침대에 앉아 식사를 해야 했다. 침대의 상판을 아래로 낮추어 눕게 하고 기저귀를 갈았다. 크리넥스 물티슈를 뽑아 엉덩이와 사타구니 사이를 닦아냈다. 감각을 상실한 다리 한쪽을 들고 기저귀를 갈아 욕실에 있는 쓰레기통에 던져 넣었다. 휴지를 꺼내 기저귀에 묻은 똥 덩어리를 긁어내고

양 끝을 잡고 비벼서 털어냈다. 마지막으로 쓰레기통에 입속으로 올라오는 욕지기를 침으로 뱉어냈다.

일회용 기저귀는 편리하기는 하지만 자주 샅 쪽에 붉은 습진을 만들어 놓았다. 음낭을 들면서 습진약을 고루 문질러 주는 것은 천 기저귀를 애벌빨래를 하여 세탁기에 돌리는 것보다 더 고약한 일이었다. 그의 음낭을 들출 때마다 나의 열일곱 살이 분노로 다가왔다. 내 셈을 모르는 자식들은 환자를 위한 나의 배려인 줄 알고 지나치게 고마워했다.

널어놓은 기저귀가 베란다 앞의 시야를 가리고 흔들거린다. 삶아 빤 기저귀 올 속에 누르스름한 흔적이 무늬처럼 스며있다. 빨래로 가려진 시야가 궁금하고 불안하다. 오른손으로 기저귀 사이를 들추고 빼꼼히 아파트 마당을 내다본다. 402호 노인이 쓰레기 봉지를 들고 쓰레기 하치장을 향해 간다. 이상하게 자주 마주치게 되는 노인이다.

15층에서 내려다보는 아파트 마당은 아득해 보인다. 쓰레기 하치장에서 재활용 쓰레기를 정리하는 경비원이 꼬마 인형처럼 보였다. 여기서 무언가를 떨어뜨리면 형체도 없이 부서질 것이다.

건너편 106동은 32평이고 내가 있는 107동은 25평이다. 107동은 주로 자식들을 다 키워 놓은 노부부들이나 신혼부부들이 많이 살고 있어 조용한 편이다. 가끔 노인을 운동시키려고 휠체어에 태워 엘리베이터를 타고 내려가기도 한다. 골프 치러 가는 302호 노부부를 가끔 내려가는 중에 만나기도 한다. 그들은 우리가 금슬 좋은 부부인 줄 안다.

"그래도 마나님이 간병하니 얼마나 좋으세요"

노란 골프웨어를 차려입고 무섭게 화장을 한 여자의 말이다. 노인은 엷게 웃었다. 그는 교양이 몸에 밴 늙은이니까. 그런 대처에는 병든 사람 같지 않게 우아했다. 나는 고개를 약간 숙였다. 우아함 속에 들어있는 폭력의 기미를 아는 사람은 나밖에 없다. 대답할 의사가 없으며 다음 질문도 원하지 않는다는 내의사를 알아주기를 바라면서 화려한 골프화를 내려다본다.

바람이 불어 기저귀 사이에 널어놓은 내 팬티가 툭 떨어진다. 성기가 닿는 부분이 누렇다. 목욕탕에서 일할 때는 늘 젖은 팬티를 입어야 했다. 지하에 있는 목욕탕은, 특히 여름철에는 습기로 팽만해져서, 온몸을 퀴퀴한 냄새 속에 드러내 놓아야 했다. 여름 한 철 내 허벅지와 성기 사이에는 붉은 습진 반점이 부풀어 올라 엉덩이를 빼고 어기적거리며 걸어야 했다. 손님 몸에 엉겨 붙은 때를 밀 때도 살 주위가 따끔하게 화끈거렸다.

아침 여섯 시에 출근해서 밤 열 시가 되어서야 퇴근하는 목욕탕 때밀이는 수입이 짭짤한 날도 있었다. 오만원씩 받는 마사지 손님이 많이 드는 날은 수입이 괜찮은 날이었다. 그런 날은 호텔에 고급 손님들이 든 날이었다.

경자는 야학에 잠시 같이 다녔던 친구였다. 야학에 와서도 공부보다는 대학생들을 감상하기에 바빴다.

'저 선생 한 번 꼬셔볼까?'

경자는 육 개월 후부터는 야학에 나오지 않았다. 경자는 시골에서 올라와 공단에 다니며 남동생을 고등학교에 보내고 있었다.

시간이 많이 지난 후에 경자를 우연히 만나게 되었고, 경자는 내 단골손님이 되어 주었다.

어느 날 아침 여섯 시에 친구 서너 명과 몰려온 경자가 옷을 벗어 옷장에 넣었다. 경자는 팬티, 브라자 속에서 돈을 막 꺼냈다. 같이 술 마시고 놀던 남자들이 팁이라고 넣어 준 돈이란다.

마사지를 받고있는 경자의 엉덩이가 탐스러웠다. 물뱀 같은 허리 근육이 마사지하는 내 손길을 따라 움찔했다.

"야, 이거 집어치워, 매일 물에 젖은 팬티 입고 이게 어디 할 짓이야? 나만 따라 다녀봐. 돈 쉽게 벌어."

몸을 잠시 내주고 돈을 받는 일은 공정한 거래다. 민수에게 몸을 뺏기고도 보상을 받지 못하는 일처럼 불공정한 거래는 없다. 그 몸이 이제 막 피어오르는 싱싱한 몸일 때는 더더구나 그렇다.

경자의 몸 위에 갈아 놓은 새파란 오이와 마사지 젤을 섞어 손으로 골고루 펴서 몸 전체에 입혔다. 목에서부터 젖가슴을 지나 배 아래로 손길을 바삐 움직였다. 경자가 간지럽다는 듯 허리를 살짝 틀었다.

노래방 도우미를 하는 경자는 흥이 남았는지, 콧노래를 흥흥거렸다.

남자들이 회식을 끝내고 2차로 가는 노래방에서 경자는 노래도 불러주고 춤도 같이 추어주면 시간당 4만원은 받는다고 했다. 그보다 더 큰 것은 팁이라고 했다. 술 취한 남자들이 기분나는 대로 지폐를 꺼내 찔러준다는 것이다. 2차로 모텔까지 가면 하룻밤 50만원 버는 것은 아주 쉬운 일이라고 했다.

　경자는 나의 술친구이기도 했다.
　한 달에 두 번 쉬는 휴일에 나는 호수 벤치로 경자를 불러냈다. 후라이드 통닭 한 마리와 소주 두 병을 시켰다. 호수 건너불빛을 바라보며 찬 소주를 입에 털어 넣으면 지루한 인생이 갑자기 신나지기도 했다. 호수 속의 물고기들이 펄떡펄떡 수면 위로 뛰어올랐다 내려갔다. 경자와 나는 야학시절의 친구로 돌아갔다. 친구들 얘기, 남자들 얘기, 손님들 얘기를 섞으며 술을 마시다 보면 호수 위로 달빛이 수증기처럼 내려앉았다.

　경자가 친구처럼 지내는 남자가 한 잔 산다고 해서 나간 적이있었다. 마침 쉬는 날이었다. 단골 마사지 손님이 오래 입어 이젠 질렸다며 준 핑크 꽃무늬가 흐드러지게 프린트된 원피스를입고 나갔다. 남자는 화이트와 그린이 배색 된 체크무늬 티셔츠를 입고 있었고 경자도 짧은 미니스커트와 골프 티셔츠를 입고있었다. 꽤 괜찮은 분위기의 중국 음식점이었다. 남자가 해삼탕과 유산슬을 시키고 이과두주 한 병을 시켰다. 한 잔 마시고 잔을 막 상에 내려놓는데, 경자가 배실배실 웃으며 말했다.

"야, 지난번에 부산에 놀러 갔다가 사우나에서 때 밀었는데 영 니가 미는 것만 못하더라."

순간 내 머리가 도끼 맞은 닭 모가지처럼 툭 꺾였다. 얼굴을 숯 화로에 구운 것 같았다.

'지는 여기저기 씹이나 돌리는 주제에.'

어떻게 빠져나올 시간까지 기다렸는지 모르겠다.

목욕탕 때밀이를 한 지, 칠 년이 되었다. 동네 목욕탕에서 있을 때는 집세 내고 그저 내 한 몸 그럭저럭 살았다. 삼 년 전에 호텔 사우나로 옮기고는 수입이 짭짤했다. 동네 목욕탕보다는 마사지 손님이 많은 덕이었다. 외국 관광객들이 주로 많은 이 호텔 사우나에서는 마사지도 관광 상품의 하나였다. 한참 힘을 빼고 나면 목욕탕 청소는 엄두도 내기 어려워 오십만 원을 주고 목욕탕 청소만 해 주는 아줌마를 구했다. 큰돈을 벌지는 못해도 노후를 생각해서 한 달에 삼십만 원씩 불입하는 생명보험도 들 수 있었다. 지하 목욕탕에서 하루를 다 보내는 나는 손님들의 옷차림을 보고 계절이 지나가고 있다는 것을 느꼈다. 타고난 건강 체질인지, 어려서부터 고된 일에 시달려서인지 일이 어렵다고 느껴 본 적이 없었다. 현금을 손안에 쥐는 느낌이 하루하루 활력을 주었다.

올해 봄부터 이상하게 두통이 심했다. 4월에는 중국 관광객을 마사지하다가 두통이 너무 심해 주저앉았고 물에 젖은 팬티, 브라자 위로 원피스를 걸치고 응급으로 실려 가기도 했다. 5년 전에 유방암으로 절제한 가슴 때문에 늘 브레지어를 하고 때를 밀었다. 의학적 견해로는 오 년이 지나서 암으로 인한 후유증은 없을 거라고 했는데 올해 들어 두통은 극히 심해졌다. 피부도 약해졌는지 엉덩이 쪽이 습진으로 벌겋게 부풀어 올랐다.

그날은 밥맛이 없어 직원식당에서 억지로 물에 밥을 말아 한 술 뜨고 내려왔다. 직원식당의 밥과 반찬은 너무 건조해서 내 침샘을 자극하지 못했다. 멀건 김칫국에 단무지, 감자볶음 정도가 전부였다. 밥도 찐 밥이라 쌀알이 다 뭉개져 나오기 일쑤였다. 손님이 밀리면 밥 먹을 시간을 놓치는 것은 흔히 있는 일이었다. 식욕이 없어도 때가 되면 미리 먹어 두는 것이 생의 전략이었다. 먹이를 주워 먹듯 밥을 먹고 내려와 채워지지 않은 허기를 텔레비전 영상으로 메꾸고 있었다.

켜져 있는 텔레비전을 멍하니 바라보고 있었다. 습진으로 부풀었던 허벅지 부분이 연고를 발랐는데도 가려워 견딜 수 없어. 손을 치마 안으로 집어넣어 북북 긁어댔다. 작은 물집이 툭 터지면서 살갗이 벗겨지는지 쓰렸다. 빨간 램프를 반짝이며 '한번만 나를, 한번만 나를 사랑해 주면 안 되나요' 하고 핸드폰에서 노래가 터져 나왔다. 옆에 던져둔 폴더를 열자, 새된 여자 목소리가 건네 왔다.

"영숙이 아재 핸드폰 맞나요?"

가슴이 후드득 떨리는데 여자의 목소리는 계속되었다. 우리 고향 사람이 아니면 나를 아재라고 부를 사람은 없었다. 고향 사람은 만난 지 아주 오래되어 내 핸드폰 번호를 알고 있는 사람이 거의 없었다.

"아, 제 시아버님이 김자 민자 수자 되시는데요, 선자 고모가 핸드폰 번호를 알려 주셔서요."

"그런데요?"

나는 방어를 맡은 어미 호랑이 같은 목소릴 냈다.

"좀 뵐 수 있을까 해서요."

"전 댁을 만날 일이 없는데요."

"부탁드릴 일이 있어서요. 꼭 뵙고 싶습니다."

여자의 목소리가 포복한 암코양이처럼 살가워졌다.

명절 돌아오듯 일 년에 한두 번 연락을 하던 선자가 내 핸드폰 번호를 알려 준 모양이었다. 내 거절이 너무 강력했던지 선자가 전화를 했고 나는 선자와 김민수의 며느리를 어쩔 수 없이 만났다.

습진과 두통을 몸에 달고 살아야 하는 날들이 끔찍했다. 목욕탕 때밀이를 그만둘까 하는 중이었는데 마침 제안을 받았던 것이다.

상처하고 자식들마저 미국에 나가 있는 김민수의 간병인으로 와 달라는 부탁이었다. 명문대학을 졸업한 그는 제약회사에 근무하다 이사직을 끝으로 퇴직을 했다. 일찍 조기유학을 시킨 자식들은 미국에 자리를 잡았고 상처한 김민수는 근래 들어 뇌졸중으로 온몸이 불편했다. 잠시 미국에서 다니러 온 며느리도 곧 출국할 예정이라고 했다. 자주 간병인이 바뀌게 되면서 자식들이 수소문 끝에 나를 믿을만한 간병인으로 지목했다. 제안을 쉽게 허락한 것은 아니었다. 월 150만 원에 먹고 자는 것이 해결되었다. 명절 때는 보너스도 지급을 하겠다고 했다.

아무것도 모르는 선자는 잘 됐지 뭘 그러냐며 부추긴다. 김민수의 며느리는 믿고 맡길 사람이 생겼다며 바싹 매달렸다.

아무도 참견할 사람이 없다는 것이 편하기는 했다. 나만 아무렇지 않으면 되는 일이었다.

조금 전에 기저귀를 흔들어 똥덩어리를 털어낼 때 누렇고 멀건 덩어리를 보고 욕지기를 겸한 침을 뱉어냈더니 속이 메슥거리며 자꾸 침을 뱉게 된다. 더러운 냄새를 맡게 되면 욕지기를 겸한 침을 마구 뱉어내는 것은 아주 오랜 습관이었다. 더럽게도 남루하게 살았는데 참지 못하는 냄새가 있다. 악취 나는 인간을 보는 일은 벼랑에 도착한 듯 위태롭고 끔찍했다.

중풍 환자 한 사람과 간병인이 사는 공간으로 25평은 꽤 넓은 공간이다. 가구라고는 원래 옵션으로 들어간 장식장과 거실장 뿐이다. 2인용 식탁이 놓여 있지만, 그와 내가 마주 보고 밥을 먹는 일은 없다. 나는 혼자 앉아서 밥알을 씹어 먹는다.

싱크대 앞 타일 위에 코팅한 종이가 붙어 있다. 글씨를 읽는다.

환자를 사랑하는 마음으로 음식을 만듭니다

절대로 금해야 하는 음식
닭고기, 돼지고기, 술, 국수

좋은 음식
고등어, 호박, 메밀, 견과류, 마늘, 미역, 녹두, 무, 표고버섯

간병인에게 정보를 주기 위한 자식들의 배려였다.

노인이 잠든 밤이면 나는 식탁 옆에 세워 둔 휠체어를 펴고 앉는다. 두 다리를 뻗고 앉아 양손으로 바퀴를 움직여 본다. 슬슬 앞으로 움직여 나간다. 멍하니 베란다 쪽의 불빛을 바라본다. 휠체어를 굴려 진열장 옆으로 간다. 진열장에서 갈색 액체가 담긴 유리병을 꺼낸다. 노인의 자식들이 일 년에 한 번 미국에서 나왔다 들를 때 가져와 마시고는 두고 간 꼬냑이다. 갈색 액체를 요철 질감의 크리스탈 컵에 따라 마셨다. 취기가 올랐다. 알코올은 나를 과거의 기억으로 데려갔다. 무서운 꿈을 꾸고 진저리를 쳤던 적이 있었다. 다시는 그런 꿈을 만나지 않기를 빌면서. 웬걸, 시간이 지나면 그 무서운 꿈이 약간은 궁금해지기도 한다는 걸 요즘에야 알게 되었다.
나의 열일곱 살은 악몽 그 자체였다. 알콜 기운과 함께 아주 오랫동안 잊고 있던 느낌이 나를 찾아왔다.

시골 살던 내 부모는 식구의 입을 덜려고 나를 서울의 먼 친척 집으로 보냈다. 그 집에서 식모살이를 했던 나는 그 집 아들인 민수에게 몸을 농락당했다. 갈 곳 없는 나는 그 집에 붙어 있을 수밖에 없었다.

나는 휠체어 바퀴를 돌리던 오른손을 팬티 밑으로 집어넣어 성기의 보드라운 살 속을 헤집는다. 살아있는 몸. 그에게 몸을 농락당하고 나서부터 내 몸은 오랫동안 굳어 있었다. 강요된 섹스와 임신에의 공포는 온전히 몸을 풀고 남편을 받아들일 수 없게 했다. 아이를 갖지 못한 나는 남편과 헤어졌다.

이후 나의 삶은 벼랑 끝이었다.

이미 무력해진 그를 돌보는 일이 내 상처를 다시 건드리게 할 줄은 몰랐다. 내 봉긋하게 솟아오르며 찔레꽃 향내처럼 싱그럽던 젖무덤의 기억이 아득한 것처럼 그와의 기억도 무의식의 맨홀에 가라앉아 있었던 것이다.

지나간 것들에 대한 사람들의 끝없는 관용이나 서투른 치장을 용서할 수 없다. 크리스탈 유리잔을 빙글 돌리자 얼음이 가볍게 부딪는 소리를 냈다.

오랫동안 누워 있는 환자에게 욕창은 무서운 질병이다. 하루에 서너 번은 방향을 바꾸어 눕도록 도와야 한다. 나는 침대 위에 누워 있는 그의 등 밑에 손을 넣어 오른쪽 방향을 바라보도록 돕는다. 내 얼굴을 바라보고 있는 그의 눈동자는 허허롭다.

나는 냉정하게 그의 눈동자를 쏘아 본다. 움찔 그의 눈동자가 흔들린다. 처음 만나던 날 나를 바라보던 그 눈동자였다.

치직하며 벽에 붙은 스피커에서 방송이 나온다.
"부녀회에서 알려드립니다. 종로 귀금속 골드생활 회사에서 나와 순금, 18금, 은수저, 잡금, 금이빨 등을 현금 매입하오니 필요하신 분은 101동 앞으로 나오시기를 바랍니다."
잠시 내가 거처하는 방에서 누워 있던 나는 슬며시 몸을 일으킨다.
오늘은 노인의 목욕을 시켜야 하는 날이다. 아까 목욕탕 청소를 하면서 보니, 샤워용품이 다 떨어졌다. 슈퍼에 가서 저녁 반찬거리와 샤워용품을 사 오려고 일어섰다. 엘리베이터를 타고 내려오는데 엘리베이터가 4층에서 멈춘다. 402호 노인이 엘리베이터 안으로 발을 집어넣으며 나를 흘낏 보더니 반가워한다. 하루종일 말 상대를 찾지 못하는 아파트 노인들의 특징이다.
"그래도 댁은 노인 수발이라도 들어 돈을 벌지. 얼마나 좋아. 혼자 남은 노인 수발이야 식은 죽 먹기지."
나는 간간이 들어주는 척하다가 엘리베이터에서 내렸다.

아파트 마당을 나오니 101동 앞에 금을 산다는 플래카드가 큼직하게 걸려 있었다. 늙수그레한 아저씨가 천막 안에서 금을 팔러 오는 손님을 기다리고 있다. 종이를 낱장으로 떼어내 천막 바깥에다 '금을 삽니다'. '금이빨 삽니다'라고 붙여 놓았다. 노인의 어금니 안쪽 금이빨이 생각났다. 시금치나물이 걸려 있는 노인의 금이빨이 선명했다.

슈퍼로 들어섰다.

한 손에 6,000원 하는 고등어를 손질해 달라고 부탁하고, 입욕제를 고르러 공산품 진열대로 간다. 밀랍 인형 같은 병들이 붉은색, 노란색, 초록색, 갈색 액체를 몸에 담고 뚱한 표정으로 서 있다. 라벤더 향, 로즈마리 향, 열대과일 향, 천연 장미 향의 제품이 있다. 나는 망고의 달콤한 향을 떠올리며 열대과일 향 입욕제를 집어 든다.

침대 옆에 휠체어를 바싹 붙이고 등 쪽에 손을 넣어 그의 몸을 일으킨다. 옆에 세워 둔 휠체어에 몸을 싣도록 돕는다. 이럴 때 그의 몸과 나의 몸은 간격이 없이 밀착되어 있다. 휠체어를 목욕탕 안으로 들이민다.

자식들이 환자를 위하여 기존의 욕조를 뜯어내고 높이가 낮은 욕조로 바꾸어 놓았다.

찬물과 더운물을 혼합하여 욕조 가득 물을 받았다. 열대과일 향의 입욕제를 물 위에 흘려 넣었다. 거품이 일며 열대과일 향이 욕탕 가득 퍼진다. 코코넛, 망고, 바닐라 향이 입안으로, 코안으로 그와 나 사이로 꽉 들어찬다.

헐거운 그의 웃옷과 런닝을 벗기고 바지와 팬티를 벗긴 채로 천천히 욕조 안에 그를 담근다. 순한 아가처럼 따뜻한 물 속에 몸을 담근 그가 다음 절차를 기다리고 있다. 증기를 타고 열대

과일 향이 그와 나의 몸을 부드럽게 감싸고 있다.

평소 옷을 입은 채 그를 씻기던 나는 웃옷을 벗고, 런닝과 브래지어를 벗은 다음 천천히 고무줄 바지를 발밑까지 내려 발을 빼냈다. 그리고 팬티까지 벗은 다음 알몸이 되었다.

나는 욕조 안으로 들어가 앉는다. 욕조 밖에서 몸을 밀어주는 다음 절차를 기다리던 그가 흠칫 몸을 떤다. 이미 옷을 벗어 알몸인 그의 동공이 확장된다. 나는 못 본 척 다음 절차로 넘어간다.

그의 몸에 미지근한 물 한 바가지를 뿌린다. 나도 물을 뒤집어쓴다. 열대 과일즙이 몸을 타고 내리는 것 같다.

그와 내가 알몸 대 알몸으로 마주 보고 있다. 더도 덜한 것도 없는 사람이라는 짐승 두 마리가 마주 보고 있다. 열일곱 살 난 여자아이의 입술을 제 사타구니에 쑤셔 박고 자지를 빨게 하던 그는 아니다.

그는 거위요리를 두고 천천히 즐긴 셈이다. 중세 프랑스의 어느 신사처럼.

나는 그에게로 다가가 그의 머리채를 잡아 뒤로 젖히며 그의 얼굴을 내 허물어진 젖가슴 앞에 바로 갖다 댔다. 당신이 그토록 탐했던 몸뚱이를 똑바로 보라고.

거위요리처럼 네 손아귀를 벗어나지 못하고 살점을 뜯어 먹히던 내 몸을 보라고. 노인이 손을 떨었다.

문신을 한 짙은 내 눈썹과 붉은 입술이 번질거리는 물기 속에

괴기스럽게 살아났다. 그의 몸 뒤에 붙어 있는 긴 거울 속에 여자의 얼굴이 보였다. 얼굴 위로 물기를 뚝뚝 떨어뜨리는 여자의 두 눈이 부릅뜬 채로 거울에 박혀 있다.

나는 그의 귀에 대고 속삭인다. 나는 너를 죽이진 않아. 너와 함께 재미있는 놀이를 할 거야.

노인의 성한 오른손이 주먹을 쥔다. 나를 후려칠 것 같지만 나는 지금 그를 제어할 힘이 있다.

싱크대 앞에서 저녁 준비를 했다. 고등어를 심심하게 굽고 미역을 잘라 불려 순하게 국을 끓였다. 표고버섯을 소금 간을 하지 않고 슬쩍 데쳐 들깻가루를 넣고 무쳤다. 눈을 들어 싱크대 위 타일을 바라보았다.

환자를 사랑하는 마음으로 음식을 만듭니다.

코팅된 종이 위의 글씨가 내 눈알 속으로 빨려 들어왔다.

사랑에는 여러 방식이 있다. 나는 나의 방식대로 사랑할 것이다.

중세 프랑스에서 유행하던 거위요리가 있다. 털 뽑힌 거위를 불꽃이 사방으로 튀는 판 속에 가두어 두고 살점이 익을 때마다 칼로 베어내어 핏기가 뚝뚝 떨어지는 살점을 음미하는 잔혹한 놀이를 겸한 식사였다. 거위는 살점이 떨어져 나간 아픔과 불꽃에 데이는 고통 때문에 사방으로 뛰어다닌다. 패티코트를 받쳐 입은 우아한 숙녀들이 레이스가 치렁치렁한 드레스를 덜렁거리며 손뼉을 치고 좋아한다. 연미복을 입은 신사들도 숙녀들을 만족시켰다는 기쁨 때문에 덩달아 즐거워한다. '핏내'에 취한 동정 없는 식사는 게워내고 다시 먹는 방식으로 밤을 새운다.

놀이는 지루한 날들에 대한 보상이다. 그것이 보복을 동반했을 때는 더욱 짜릿해진다.

운조의 숲

달콤하고도 흉흉한 꿈이었다. 꿈의 잔상은 그녀를 할퀴었다. 놀라 일어나 물을 마셨고 방안을 둘러보았다. 아무도 없었다. 혼자였다. 수하의 목소리가 그리웠다.

운조는 일어나 앉아 숲의 소리에 귀 기울였다. 외로움과 두려움의 감정은 숲에서 들려오는 후투티 소리, 나무에 몸을 부딪는 바람 소리, 들고양이들의 짝을 부르는 날카롭고 애잔한 울음에 스스로 잦아들었다.

문을 열고 밖으로 나왔다. 산안개가 아직 희부윰하고 계곡에는 물소리만 청량했다. 운조는 눈을 들어 지리산을 바라보았다. 지리산은 넉넉한 품이었다가 몰아치는 짐승이기도 했다. 지리산이 눈 섞인 바람을 불어낼 때면 일찍 핀 홍매화가 검붉게 얼어붙었고 산수유가 활짝 핀 삼월에도 눈이 내릴 때면 마을은 신기루였다. 봄이 되어 꽃이 피는 것이 아니라 꽃이 피어야 봄인 거라고 쇠작골 계곡을 바라보며 운조는 생각했다.

운조는 수하와 같이 만들었던 정원을 둘러보았다. 돌담 위를 기어가고 있는 백리향은 지금은 기운을 잃었지만, 곧 하얀 꽃을 달고 백리를 향해 마음껏 향기를 내뿜을 것이다. 꽃밭에는 작년에 피었던 금강초롱, 맨드라미, 며느리밥풀꽃이 흔적만 남긴 채 자취를 감추었다. 홍매화가 검붉은 꽃봉오리를 달고 서 있는 돌담에는 산수유나무와 감나무, 석류나무와 살구나무가 에둘러 서 있다. 팔월부터 붉어지기 시작하는 석류는 가을에는 붉은 등을 밝혀 매단 것처럼 아름다웠다.
운조는 나무를 가볍게 안아주고 꽃들에게 말을 걸었다. 오래전부터 나무와 꽃들에게 해 온 아침 의식이었다.

집배원 수하는 마흔 후반의 독신남으로 편지나 소포가 오지 않는 운조를 눈여겨보다가 그녀의 외로운 삶 속으로 들어왔다.

수하가 쉰 살이 되던 봄날, 운조는 자신이 덖은 야생 녹차를 수하와 함께 마셨다. 찻물을 따르자, 야생의 냄새 섞인 녹차 향이 솟아올랐다. 운조가 홍매화 한 송이를 수하의 찻잔 안에 떨어뜨렸다. 첫 봄눈 속에 피웠던 꽃이 따뜻한 찻물 속에서 부풀어오르자 찻잔 속의 홍매화는 수하에게는 어떤 징조로 다가왔다.

이후 수하는 자주 운조에게 들러 녹차를 마시며 자신이 좋아하는 백석의 시를 낭송해 주었다. 수하는 쓸쓸했던 운조의 삶을 풍요롭고 즐겁게 만들었다.

지금은 고목이 된 살구나무는 수하가 가장 사랑했던 나무였다. 살구나무 집이라고 불리는 이 빈집을 발견했을 때, 늘 깊은 숲속에서 살기를 원했던 운조는 이 집에 반했고 원촌에서 쇠작골로 이사했다. 수하와 운조는 이곳에서 숲속의 모든 것을 사랑했고 기쁜 일상을 만들어냈다.

관광객들이 주로 머무는 월계마을에는 펜션과 전원주택들이 줄지어 서 있고 쇠작골 다리를 건너면 돌담이 있는 낡은 집들이 보였다. 두 마을의 대비를 재미있게 생각하는 관광객들이 마을의 남루를 구경하기 위해 쇠작골 다리를 건너오곤 했다.

천년 넘은 산수유 시조 목이 있는 이곳 산동에서는 3월에 산수유축제가 일주일 동안 열렸다. 면 단위의 축제지만 사람들이 전국에서 모여들었다. 환상적인 노랑과 돌담이 어울려 매력적인 공간을 연출하고 사람들은 그 속에서 봄의 첫 꽃을 마음껏 즐겼다.

운조는 축제 기간 동안 꽃구경을 핑계로 이런 고요와 평온을 깨는 사람들의 소란이 싫었다. 햇빛이 늦게 드는 마을은 늘 어둑하고 추웠지만, 햇빛이 재촉하는 환한 소음의 시간보다 계곡의 어둠이 선사하는 잿빛 우울과 고요가 좋았다.

그 일주일 동안 운조는 작은 나무 대문을 걸어 잠궜다. 산 위로 석양이 지고 산 그림자가 드리울 때면 이 세상에 없는 엄마와 어린 동생을 불러냈고 어김없이 자신의 어린 시절로 돌아갔다.

봄의 시작은 과거의 환상 속으로 들어가는 문이었다. 한때 환상은 운조를 현실의 고통으로부터 떼어내 주는 힘이었으며 여든일곱 살인 지금은 죽음의 사유로 들어가는 자연스러운 비밀의 문이 되었다.

운조는 오랜만의 외출을 위해 패딩점퍼에 바지를 입고 정례가 선물했던 빛바랜 보라색 스카프를 두르려다 손으로 그것을 쓰다듬었다. 보라색 비단 위에 녹색 새순들이 그려진 스카프는 아직도 정례의 미감을 증명하고 있다.

정례가 병이 들기 전, 정례의 집에는 들꽃들이 항아리에 꽂혀 있었고 마루에는 짚으로 짠 바구니 안에 모과, 사과, 감, 석류가 향기를 풍겼다. 때로는 과일들이 썩는 냄새조차도 달큰했다. 거친 삶도 정례를 만나면 보드랍고 향기롭고 다정해졌다.

정례야, 운조는 볼이 발그레한 정례의 얼굴을 떠올렸지만, 곧 환상은 스러지고 뼈만 남은 정례의 모습이 눈앞을 흐렸다. 정례의 신장은 제 기능을 잃은 지 오래였다. 신장투석으로 버텨오던 정례는 일어서지 못하고 죽음을 향해 가고 있다.

운조는 고양이 나나와 다다에게 밥을 주고 구례 조은병원으로 갈 준비를 했다. 정례가 돈 때문에 큰 병원에 가지 못한다는 소식을 지난달에 들었다. 운조는 자신의 밭을 팔았다. 정례의 마지막 길을 지켜주기 위해서라면 가지고 있는 것을 모두 팔고 싶었다.

'더 일찍 움직여야 했어. 너무 늦었어.'

뿌연 산안개 속으로 정례의 창백한 얼굴이 보였다.

'기다려, 정례야.'

운조는 아직도 가슴을 아프게 하는 어젯밤 꿈으로 정례가 더욱 애틋해졌다.

숲 사이로 새푸른 하늘 한 조각이 걸려 있다. 운조는 정례의 무릎을 베고 누워서 열두 살 우정처럼 오는 봄날에 취해있다. 정례가 노란 산수유꽃을 따서 운조의 머리에 꽂았다. 노랑의 봄이 운조를 들뜨게 했다. 숲속에는 풀 향기가 가득했다. 얼음이 풀린 계곡 물소리를 따라 새들이 날아오르고 슬픔도 외로움도 봄의 감각 속으로 마법처럼 날아가 버렸다.

"정례야, 니는 언제고 내랑 함께 있을 거지."

"걱정 말그라이. 니랑 내랑은 항꾼에 죽을건께. 여그 숲에서 영원히 살거여. 우린 하늬바람도 되고 도토리나무, 산수유꽃도 되고 뻐꾹새도 되어서 이 숲속에서 놀거여."

정례가 운조의 머리카락 속으로 손을 넣어 머리를 빗어 내렸다. 운조는 잠이 올 것 같은 나른한 기분을 마음껏 즐겼다. 갑자기 검은 나비떼가 까맣게 눈앞을 가로막았다. 입과 코, 귓속으로 나비가 달려들어 후볐다. 나비의 가루가 콧속으로 들어와 목을 컥컥 막히게 했다.

재앙이었다. 운조의 몸을 지탱하던 정례의 몸이 녹아 없어졌다. 운조의 몸이 깊은 구덩이 안으로 떨어졌다. 운조는 정례를 부르며 몸부림쳤다. 구덩이 안에는 사람들이 켜켜이 쌓여서 울부짖고 있었다. 피비린내 나는 구덩이 안에서 눈을 들어 사납게 쏘아보고 있는 것은 운조 자신이었다. 그럽고도 고약한 꿈이었다.

하루에 한 번 오는 뜸한 버스를 기다리기보다 반곡마을 버스 정류장까지 걸어가기로 했다. 버스가 오기까지는 아직 한 시간이 남아있다. 운조는 오랜만에 나온 마을 고샅을 천천히 걸었다.

툭탁, 꽉, 탁. 덩굴 숲이 우거진 물웅덩이를 내려다보았다. 물웅덩이에는 까마귀가 몸을 슬쩍 물에 담갔다가 부르르 깃털을 털어 몸을 말리고 있었다. 운조는 까마귀의 파다닥 깃털을 터는 소리와 몸짓에 홀려 바람이 스카프를 슬쩍 건드리고 가는 줄도 몰랐다. 파다닥, 파다닥 소리는 굳어있던 운조의 마음을 흔들어 놓았다.

물가에는 산수유나무가 새들에게 깃들 가지를 내주고 서 있고 아무도 따지 않은 열매가 나무에 매달린 채 쪼글쪼글 말라가는 중이었다. 산수유 열매를 따서 손바닥 위에 올려놓고 손톱으로 눌러보았다. 열매는 씨앗에 말라붙어 눌러지지 않았다. 운조는 열매를 입 안에 넣었다. 쫀득하면서 쌉쌀하고 달착지근했다. 입을 오물거릴 때마다 운조의 얼굴에는 작은 나뭇가지가 움직이는 듯이 주름이 무늬를 이루었다.

산수유 열매는 오랫동안 그녀를 먹여 살렸다. 산수유 열매를 손톱과 앞니로 씨를 빼고 바짝 마를 때까지 햇볕에 널어 말렸다. 씨를 빼느라 손톱과 앞니에 검붉은 물이 들면서 깊은 밤들이 지나갔다.

백 년 이상 된 산수유 고목에는 곰팡이 같은 이끼가 나무의 온몸을 기어오르고 나무껍질은 켜켜이 일어나 있었다. 운조는 그것이 자신의 손등 위에 핀 검버섯 같다고 생각했다.

그녀의 아버지가 14연대를 따라 산으로 들어가고 엄마와 함께 어린 동생을 키우며 살던 운조는 엄마와 동생마저 한꺼번에 잃었다. 아버지가 토벌대의 총에 맞아 죽었다는 소식을 들었을 때는 같이 울어 줄 사람조차 옆에 없었다.

운조는 어긋나고 절망적인 인생이 자신에게 오는 것은 당연하다고 생각했다. 그것은 큰 충격 뒤에 강력한 돌덩이에 맞은 것처럼 인생의 어떤 부분들을 잃어버린 후의 증상이었다. 열두 살 이래로 삶의 따뜻한 전망을 가져 본 적이 없는 운조는 불행의 감정을 자신의 것으로 받아들였다.

물속 바윗돌 위에 떨어진 산수유 열매는 물에 불어 거무죽죽한 핏빛이었다. 나뭇가지에 깃든 까마귀들이 억울하게 죽은 자의 영혼처럼 악을 썼다. 산수유나무의 비틀어진 몸이 흔들리면서 고통으로 뒤틀어진 여자의 목소리가 들렸다. 환청은 운조를 그날의 시간과 공간 속으로 데려다 놓았다.

아아악 악악. 살진 까마귀의 위협적인 소리에 숨이 가빠졌다. 아가. 운조의 메마른 입술 사이로 탄식이 새어 나왔다. 명치끝이 쓰렸다. 순간, 화약 냄새에 정신이 아릿해졌다. 훅, 냄새가 숨을 막았다. 운조는 급히 두 팔을 들어 등 뒤에 대고 빈손을 추켜올렸다. 아가. 아가는 조용했다. 아가, 운조는 아가를 더듬어 찾으며 더운 눈물을 쏟았다. 환청은 잔인했다.

운조의 기억은 열두 살 시월로 향했다. 산수유 열매가 빨갛게 물들기 시작하는 시월이었다. 학교 운동장에는 마을 사람들이 가득했다. 군인들이 방송을 통해 마을 사람들을 모았고 그들의 기준대로 사람들을 줄 세웠다. 사람들이 수다를 떨고 있는 무방비 상태에서 총소리가 들렸다. 사람들이 무더기로 쓰러졌다. 운조는 등 뒤로 화끈한 열기를 느꼈다. 업고 있던 어린 동생의 짤막한 비명을 들었고 그대로 의식을 잃었다. 희미하게나마 정신을 차렸을 때는 정례의 집이었다.

"깔끄막 우 구뎅이 안에 사람들이 자빠져 있고, 나는 니를 찾았제. 여럿이 엉켜 붙어있는 사람들 새로 니 얼굴이 보였어. 있는 힘을 다해 니를 끌어당겼당께. 등에 업혔던 동생은 피범벅이고 손을 니 코에 댕께 희미하게 숨질이 느껴졌제. 죽어있는 니 동생을 들쳐 업고 니를 가마때기에 눕혀서 끌고 왔어. 무슨 힘이 있었는가 몰라. 니를 꼭 살리고 싶었당께. 니는 눈을 뜨자마자 엄마와 동생을 찾았어."

열두 살의 정례는 열두 살의 운조를 구덩이에서 살려냈다.

운조는 피투성이로 죽은 동생을 보고는 다시 기절했다. 눈을 뜬 운조는 자신을 보고 있는 정례의 엄마와 아버지의 시선과 마주쳤다. 연민과 슬픔이 가득 찬 눈빛이었다. 운조는 발이 부르트도록 들판으로 언덕으로 엄마를 찾아다녔다. 정례 엄마는 자신의 피붙이를 찾는 것처럼 열심히 운조의 엄마를 찾았다. 석양 무렵, 사람들이 감자밭에 널브러져 있는 사체들 사이로 자신의 피붙이를 찾아다녔다. 감자밭은 울음의 도가니였다. 붉은 석양 속에 사체를 찾아다니는 사람들의 모습은 분명 지옥도였다.

운조는 엄마의 옥색 치마를 발견했다. 옥색 치마가 눈에 띄는 순간 운조는 털썩 땅에 주저앉았다. 정례의 엄마는 운조의 엄마를 끌어냈다. 시신이 딱딱하게 굳어 있었다. 정례의 엄마와 아버지의 도움으로 동생과 엄마를 가좌골 야산에 묻었다. 그 후, 수하와 함께 가좌골 야산에 묻혀있던 엄마와 동생의 시신을 화장해서 지리산 깊은 숲에 뿌렸다. 그리고 수하의 제안으로 연기암에서 천도제를 지냈다. 운조는 엄마와 동생이 훨훨 날아 바람 속으로, 물속으로 마음껏 다니기를 기원했다.

끔찍한 비극이 운조의 내부에 만든 큰 구멍은 기쁨도 슬픔도 걷잡을 수 없이 그 수위를 낮추고 모든 것을 무화시켰다.

운조는 자신의 삶이 어느 날 갑자기 불어온 태풍에 모두 날아가고 텅 빈 구멍에서 시작되었다고 생각했다. 이제 운조는 아무 바탕도 없는 삶을 여든이 넘도록 지켜온 것은 이 텅 빈 구멍일 것이고 이것은 자신에게 무엇인가 하는 물음을 갖게 되었다.

모든 것은 바랜다. 처참한 기억도 바래서 가벼워지지만 원래 슬픔의 무게는 그대로 그녀의 가슴 구멍 아래 끈적하게 가라앉아 있었다. 그 속에서 피어오르는 외로움, 두려움, 절망감이 그녀를 짓눌렀다.

환청과 기억 속에서 얼이 나갔던 순간들을 수습하고 운조는 찬바람에 다시 여기로 돌아왔다. 산수유나무에 새들이 드나드느라 우듬지가 흔들렸다. 그제야 목이 서늘했다. 스카프가 바람에 날려 개울물 위로 떠내려갔다. 운조가 손을 떨며 소리 질렀다.

"이것들아, 다 가지가라이. 긍께 나까지 다 데꼬가란 말이여. 마지막잉께."

물까치가 날아오르는 소리에 운조는 눈을 들어 계곡물 위로 부서지고 있는 햇살을 바라보았다. 뮤뮤뮤뮤뮤 튜튜튜튜 물까치들이 떼 지어 다니며 소리 질렀다.

산동 전체를 피로 물들인 그 참혹한 죽음들은 여든이 넘어서까지 그녀를 고통스럽게 했다. 그것은 기쁨도 슬픔도 분노도 모른 척하고 지나가야 하는 강박이 되었다. 삶은 냉혹했다.

그녀가 체념과 고통의 삶을 받아들이고 외부의 삶에 빗장을 가로질러 닫았을 때 오히려 그녀의 내면은 소소한 기쁨들로 찬란하게 빛났다. 쇠작골의 햇빛, 수하의 시 한 구절, 지리산의 바람, 정례와의 다정한 대화, 숲속 새들의 소리, 작은 동물들의 움직임. 이 소소한 것들과의 친숙함이 그녀의 삶을 반짝이게 했다. 은둔과 심연으로의 침잠은 그녀 삶의 모든 것이 되었다.

반곡마을 버스 정류장에 앉아 산수유 꽃담 길을 내려다보는 운조의 마음은 쓸쓸함이 가득했다. 이제 곧 산수유축제가 시작되면 꽃구경 나온 사람들로 북적일 것이다. 산수유 열매만 쳐다봐도 지긋지긋하던 때를 알지 못하는 사람들이 꽃 잔치에 넋을 놓을 것이고 노랑의 세상이 그들의 마음을 뒤흔들어 부풀게 할 것이다. 조용하던 마을은 노란 꽃의 개화로 흥성해지고 속없는 즐거움이 흘러 다닐 것이다.

축제의 흥청거림 속에는 말하지 못하는 상처가 숨죽이고 있다. 마을의 반이 넘는 사람들이 죽고 나머지는 그곳에서 살지 못해 타지로 떠나, 마을이 통째로 없어져 버린 비극을 산수유나무만이 알고 있다. 산수유나무 숲에는 죽은 혼들이 모여 웅성거린다.

소음과 번잡함의 축제가 곧 시작된다.

산동 입구에서 상위마을까지 온 마을과 계곡, 산속까지 노란 산수유로 뒤덮이면 그 숲 사이를 사람들이 누비며 꽃을 즐길 것이다. 산동 입구에는 장사하는 사람들이 천막을 칠 것이고 각설이 패들의 노래가 마을을 뒤흔들 것이다. 도로에는 차들이 주차장에 서 있는 것처럼 늘어설 것이고 마을 사람들도 돈을 벌 요량으로 자기 집 마당에 의자와 탁자를 내어놓고 막걸리와 파전을 팔 것이다.

운조는 이 번잡함 속에서 자신이 자벌레처럼 움츠러든다고 느꼈다. 그녀는 항상 축제 바깥에 있었다. 그녀만의 산수유 숲은 고요하고 웅숭깊은 노랑의 세계였다.

"어디 가시오"
"으 읍내 간다. 근디 닌 아침 댓바람부터 멀 그리 싸질머지고 간다냐?"

마흔이 가까운 용방댁 막내아들이 양손에 짐을 들고 기우뚱거리며 걸어가고 있다. 손에는 비닐봉지 끈이 매달려 힘겹게 흔들거렸다. 용방댁 막내아들 명수는 잠시도 가만히 있지 못했다. 매일 쇠작골에서 원촌까지 버스도 타지 않고 걸어서 고구마니 토란이니 하는 농산물을 주렁주렁 들고 내다 팔았다. 명수는 묻는 말에 대답도 하지 않고 기우뚱거리며 원촌 쪽으로 걸어갔다. 운조는 자신의 눈길을 명수의 허리에 던져 묶은 듯 한참이나 명수의 기우뚱거리는 뒷모습을 좇았다.

'사니라고 욕보는구나.'

운조는 자신에게 하는 말처럼 중얼거렸다. 운조가 원촌에서 쇠작골로 이사 왔을 때 명수는 아직 어린아이였다. 어릴 때부터 명수는 가만히 있지를 못했다. 그런 명수가 운조는 성가셨다. 명수는 운조를 보면 뜨악한 표정을 지었고 운조 가까이 오지 않았다. 오늘까지도 그 거리가 여전했다.

노인들만이 탄 버스 안에는 음울한 고요가 내려앉아 있었다.

생의 일몰에서 만나게 되는 것은 우울한 기억일 뿐이라고 생각하며 운조는 차창 밖을 내다보았다. 차창 옆으로 명수의 모습이 가까워졌다가 멀어졌다. 명수의 삶이 기우뚱거리며 아슬아슬하게 다가왔다가 멀어졌다. 운조는 명수의 뒷모습을 애틋하고 살뜰하게 바라보았다.

산동농협 앞 버스 정류장에서 내렸다. 발걸음이 원촌 초등학교 앞에 이르렀다. 학교 운동장은 운조에게 그날의 끔찍했던 기억을 되살렸다. 아우성, 피비린내, 날카로운 총소리. 차 한 대가 빠르게 달려왔다. 그처럼 기억의 통증이 머릿속을 후비며 짓눌렀다. 운조는 돌아서서 산동장터 쪽으로 걸음을 옮겼다.

우체국과 면사무소를 지났다. 우체국을 보는 순간 수하를 떠올렸다. 여든일곱 해 동안 유일하게 행복했던 육 년의 시간을 떠올리며 운조는 자신의 얼굴이 귀염성을 잃지 않았다는 어처구니없지만은 않은 생각을 했다. 그녀의 동그란 얼굴과 입술 아래의 볼우물은 수하와의 입맞춤을 잊지 않고 있었다.

수하는 우체국 집배원으로 근무하는 동안 편지나 소포를 전하며 붙임성 있게 사람들과 이야기꽃을 피웠고 일을 마치고 돌아오면 배달 갔던 마을에서 만난 풍경과 사람들의 삶을 호기심 빛나는 눈으로 얘기하곤 했다. 수하는 그날의 짧은 단상을 그가 지니고 다니던 수첩에 써 놓았다.

수하의 귀가는 항상 일정한 시간에 이루어졌기 때문에 그날,

운조는 늦게까지 돌아오지 않는 수하를 기다리며 잘 자란 부추를 자르고 고추와 호박, 가지를 땄다. 불안과 초조가 그녀를 엄습했다. 백석 같은 시인이 되겠다던 수하의 몸은 계곡 아래 바위에 걸려있었다. 수하는 갑작스러운 폭우로 물이 불어난 계곡을 무심히 건너다 급류에 휩쓸렸다. 칠월의 폭우가 운조를 무너뜨렸다.

수하의 바지 주머니 안에 있던 수첩의 글자들은 잉크가 번져 있었다. 편지나 소포를 배달하는 중에 떠오르는 생각을 적기 위해 길가에 구부리고 앉아 글을 쓰는 수하의 모습이 그려졌다. 운조는 수첩을 햇볕에 널어 말렸다. 말린 수첩은 오그라들었고 푸른 잉크는 통증처럼 아팠다. 운조는 수첩 한구석에 수줍게 적혀 있는 시를 발견했다. 시는 〈무좀처럼 노랗게 봄이 곪아 온다〉로 시작되었다. 수하의 발가락 사이에 핀 무좀이 시로 변하는 순간이었다 운조는 그 시를 몇 번이고 읽었다. 그 시를 읽을 때마다 자신의 마음속에 홍매화가 피어나는 것을 느꼈다. 수하가 그리울 때마다 폭우로 젖은 수첩 속의 글씨를 소리 내어 읽었다. 빗물에 번진 그 푸른 글씨를 읽는 것은 아프지만 힘이 되었다.

오랜만에 온 산동장터는 썰렁했다. 문을 닫은 가게들이 많았다. 그래도 아직 그 터를 지키고 있는 가게들이 반가웠다. 〈신세계 떡집〉, 〈산동 떡집〉, 〈우리 신발〉, 〈원촌 철물〉, 〈꽃님이 가게〉 그리고 정례의 집인 〈동네 쌀집〉이 보였다. 열세 살부터 운조는 정례의 쌀 가게에서 일을 도우며 살았다. 운조는 쌀 냄새를 맡듯이 가만히 서서 깊은 숨을 몰아쉬었다.

끔찍한 상처와 따뜻했던 순간들이 혼돈을 일으키며 운조의 가슴속 커다란 구멍으로 휘몰아쳤다. 시간이 흐를수록 생채기는 빨갛게 아팠다.

수하와 살던 시절, 수하가 운조에게 물었다.

"니는 왜 승질 낼 줄 몰라?"

"나는 누구를 향해 승질을 내야할 지 몰라."

운조는 분노의 대상을 알 수 없었다. 자신의 인생이 왜 끔찍한 상처에 휘둘렸는지를 아무도 설명해 주질 않았다. 지금까지도 운조는 그 많은 사람이 죽어간 이유를 정확히 알지 못했다.

"승질 날 때는 승질을 내야 해. 그래야 살 수 있어."

수하의 말에도 운조는 그저 기억만 있으면 살아가겠지 하고 생각했다. 나이가 들어갈수록 그 기억마저 희미해져 가는 자신이 두려웠다.

운조는 농협으로 들어섰다. 번호표를 뽑고 곧 순서가 오자, 통장과 도장을 창구에 내밀고 천만 원을 현금으로 달라고 했다. 오만원권이 기계에서 투굴 투굴 돌아갔다. 여직원이 내준 돈을 가방에 넣고 농협을 나왔다.

농협 앞에 기다리고 있는 택시를 탔다. 손님을 기다리던 택시 기사가 반갑다는 표정으로 시동을 걸었다. 구례읍까지 택시를 타는 일은 평생 처음이었다.

"조은병원으로 가주시오 잉."

기사가 운조를 돌아보았다.

"누가 아프요?"

고개를 끄덕이며 운조는 눈을 감았다 떴다. 택시는 벚나무가
터널을 이루고 있는 서시천을 지났다. 풍경이 낯설었다. 그 사
이로 정례의 얼굴이 비집고 들어오면서 이제 모든 것이 끝이라
는 생각을 했다. 아니, 여든이 넘은 이 나이에 다가오고 있는 정
례의 죽음은 자신에게 온 것과 마찬가지였다. 그것은 '바로 다음
정그장에서 니를 기두리고 있을께잉.'라고 말하는 듯했다.

조은병원 응급실로 들어섰을 때 정례는 침대에 누워서 숨을
고르고 있었다. 정례의 몸은 말랐고 총명하던 눈은 힘없이 흐려
져 있었다. 생의 시간이 다해가고 있었다. 운조는 가지고 간 돈
을 배 위에 올려져 있는 정례의 힘없는 손에 쥐어 주었다. 정례
의 손이 지폐 위에 얹어졌다. 정례의 눈빛에서는 운조에 대한
한없는 신뢰의 마음이 흘러나왔다.

운조는 정례의 몸을 쓰다듬었다. 살비듬이 이는 마른 두 다리
를 손으로 쓰다듬었고 앙상한 어깨를 쓸어내렸다. 두 손으로 얼
굴을 받쳤을 때 정례의 얼굴은 잠시 총명한 기운이 돌아온 듯했
다. 섬망 상태의 정례는 운조를 딸로 오해하기도 했다. 정례아
들은 오늘 늦게 서울에 있는 병원으로 간다고 했다. 운조는 마
음을 다해 정례를 안아주고 조은병원을 나왔다.

병원을 나온 시간은 오후 세 시였다. 점심시간이 한참 지나있었고 그제야 진이 빠지고 허기가 졌다. 운조는 병원 앞 국밥집에서 소머리국밥으로 빈속을 달랬다. 산동 가는 버스 시간이 한참 남아 있었다. 운조는 시장 안으로 들어섰다. 시장 어귀에서 부부가 도우넛을 만들어 튀기고 있었다. 기름 냄새가 운조의 발걸음을 멈추게 했다. 도우넛 삼천원어치를 샀다. 새벽에 잠이 안 올 때면 달고 기름진 것이 좋은 친구가 되었다.

읍의 저녁 시장 거리는 소란하진 않아도 생활의 소음들이 살아있었다. 운조는 산다는 것은 그 소음처럼 작고 따뜻한 불빛 같은 거라고 생각했다.

마지막 버스가 흐린 저녁의 기운 속으로 쇠작골로 올라가고 있다. 길가의 산수유나무들은 축제를 앞두고 아침보다 더 많은 꽃을 터뜨려 길거리를 노랗게 물들이고 있다. 산동 입구에서는 부지런한 상인들이 차일을 치고 손님 맞을 준비를 하고 있다. 노랑의 세상이 머지않았다.

버스가 쇠작골 아랫마을에 멈췄다. 승객이 거의 없는 버스를 운전해준 기사에게 가벼운 인사를 하고 버스에서 내려섰다. 사흘 뒤면 열릴 산수유축제를 위해 군청과 면사무소의 직원들이 부지런히 움직이고 있다. 공동 화장실과 음료수대를 살피고 길가에는 페츄니아를 심은 화분을 줄지어 놓고 있다. 밤에도 산수유꽃을 볼 수 있게 나무 아래 반사등을 설치했다. 어두웠던 계곡에도 빛이 비쳤다. 운조는 그 빛이 낯설고 싫었다.

작은 다리를 건너 쇠작골 계곡 쪽으로 들어섰다. 계곡 입구 대나무 숲에서 바람이 휘잉 일면서 어둠을 한쪽으로 몰아붙이자 숲이 부풀어 올랐다. 새들이 깃드는 소리에 대숲이 서걱거렸다. 이 밤에는 짐승들도 잠잘 곳을 마련하느라 바빴다.

운조는 대나무와 산수유나무가 어우러진 숲속으로 걸음을 옮겼다. 운조는 숲의 나무 의자에 앉아 깊은 호흡을 했다. 원시의 바람이 불어왔고, 고요가 그녀를 심연의 세계로 이끌었다.

운조는 가슴 속에 깊이 숨겼던 상처를 들여다보았다. 상처의 냇물에는 폭포처럼 쏟아지던 영혼의 갈증이 숨어 있었다. 후득, 눈물이 솟았다. 자신의 밑바닥에 가라앉아 있던 끈적한 슬픔이 솟아올랐다. 은둔과 심연으로 자신을 이끌었던 슬픔의 얼굴을 이제야 바라볼 수 있었다. 운조는 그 끈적한 슬픔이 자신을 지탱해준 마지막 보루인지도 모른다고 생각했다.

운조는 쓸쓸했던 자신의 인생 속으로 기꺼이 들어와 준 수하를 생각하며 세상에 태어나 처음으로 외운 시를 낮게 읊조렸다. 자신의 운율을 따라오는 수하의 목소리를 들었다.

무좀처럼 노랗게 봄이 곪아온다
노란 고름이
꿈꾸는 새 살
상처뿐인 그대를 껴안으면

향기로와라
우리 썩어가는 냄새
신비로와라
무덤 속에 피어나는
그대

봄

산수유 잎 사이로 달이 천천히 움직였다. 푸득, 산비둘기가 날
았다. 잠들었던 청설모가 기척에 놀라 나뭇가지를 흔들자, 밤이
슬이 주루룩 흘러내렸고 개구리를 노리고 있던 들고양이가 훌
쩍 뛰어 먹이를 채갔다. 부엽토 속의 죽순이 얼굴을 내밀려고
발돋움을 하며 흙을 밀어 올렸다. 봄이 오길 기다리던 산수유
꽃봉오리들이 밤의 비밀처럼 노랗게 피어났다. 숲이 환했다.

"숲으로 오그라잉. 내 거그서 니를 기다릴텡께."
섬망 상태의 정례가 운조에게 한 이 말은 열두 살 정례가 했
던 말이었다. 그 말은 따뜻했고 운조를 죽음으로 초대하는 말이
되었다. 운조는 정례와 자신이 이 숲의 초대를 받아 자연스럽고
너그러운 죽음의 세계로 들어가고 싶다는 간절한 바람을 품게
되었다.

숲 건너 산속에서는 고라니의 꽥꽥거리는 소리와 소쩍새의

애틋한 울음소리가 계곡의 밤을 깨웠다. 지리산에서 내달아 온 맑고 찬 물소리가 숲에 와 닿자 노란 산수유꽃이 경쾌하게 흔들렸다.

숲의 흔들이 침묵과 안식의 세계로 들어서고 있다. 운조는 영혼의 무게를 느낀 듯 의자에서 일어나 하늘을 쳐다보았다. 캄캄한 하늘에는 별들이 오랜 관습대로 봄으로 가는 공허하고 장엄한 운행을 하고 있었다.

이스크라

가난과 곱사등이 언니에게서 벗어나기를 바랐던 나는 불운하게도 소란과 냉기 속으로 빨려 들어가 인생의 다정한 선물을 잃어버렸다. 선물을 잃어버렸을 뿐만 아니라 오랫동안 앓아 온 우울증이 깊어져 불면과 거식의 와중에서 헤매었다. 상담 치료와 명상만이 내 어둠의 상처, 내 인생의 상흔을 어루만질 수 있었다.

언니와의 인연이 거의 끊어지고 있어도 나는 태연자약했다. 아니 오히려 그 상황을 기대하고 있었다. 마음속 깊은 곳에서는 언니와 나를 다른 계급으로 차별해 생각했고 언니와 형수와의 사랑을 불결하게 생각했다. 언니가 내게서 멀어졌으면 하는 나의 바람대로 언니는 근 40년 동안 내 근처에 없는 사람이었다.

언니는 생의 표면을 스쳐 지나가는 강바람 같은 존재였다.

　인생의 유일한 희망이었던 결혼조차 나를 배반했다. 결혼생활 동안 열렬한 갈증을 느껴 본 적이 없었다. 자잘한 일상들이 내 속에 숨어 있을 열정들을 집어삼켰기 때문에 갈증의 싹은 결혼의 사막지대에서 말라 죽었다. 오르가슴을 위장하고 위선적 결혼생활은 지나갔다. 남편과 나의 공통화제는 바닥이 나 있었고 관습과 속물적 도덕 안에서 죽음을 두려워하며 갇혀 있었다.
　나는 악을 쓰고 화초를 키웠다. 매일 화초 잎을 닦았고 꽃이 시들 기미만 보여도 화원으로 부르르 달려가곤 했다. 화초는 화원에서 가져온 일주일은 생생했지만, 물을 주고 분갈이를 해 주어도 결국엔 한 달을 넘기지 못했다. 그들은 너무 예민했고 잡초만큼 끈질긴 생명력이 없었다.
　남편과 사별한 지금 내가 화초를 돌보지 않는 것은 무슨 상실감, 이런 따위가 아니다. 강박적인 화초 키우기에 넌덜머리가 난 나는 아무도 거두는 사람 없이 혼자 피었다 혼자 지는 개망초꽃이나, 각시붓꽃, 달개비꽃, 달맞이꽃, 초롱꽃, 인동꽃의 자연스러움을 그리워하게 되었다.

　일상은 고요해졌다. 일상을 견디는 일은 좀 지루한 일이기도 했지만 지루함조차 느낄 수 없었던 결혼생활에 비교하면 나쁘지만은 않았다.
　아파트에서는 그만그만한 여자들이 모여 수영장이나 헬스장을 다니며 점심을 같이 먹고, 일주일에 한 번씩 드라이브하면서 그럭저럭 시간 깨는 일을 하고 있었으나 나는 떼거리로 몰려다니는 재미를 터득하지 못했다. '관계'를 잘하기 위해 끊임없이 리필하는 호의나 친절한 말투, 이타적인척 해야하는 배려가 징그러웠다.

작년 겨울, 상담을 받던 중 상담치료사가 이제야말로 언니에게 전화를 할 때가 아니겠냐고 제안했을 때 내 죄의식을 싸고 있던 둑이 터져 눈물을 끝도 없이 흘렸다.
"더 이상 언니에게 짐을 지우지 말아요. 지금 인생의 끝자락에 와있는 사람도 언니예요. 용기를 내세요."
상담치료사의 말대로 용기를 내어 언니와 연락했고 몇 번의 연락 뒤에야 서먹함이 없어질 수 있었다. 물론 밑바닥에 앉아있는 앙금까지도 없어진 것은 아니었다. 언니는 담담하게 나를 받아들였다

언니에게 바닷가 펜션에서 하룻밤을 보내자고 했고, 언니는 흔쾌히 받아들였다.
호주에서 살다 온 펜션 주인이 낸 작은 레스토랑에서는 갓 구운 빵과 커피를 맛볼 수도 있었다.
사람들이 많이 찾지 않는 바닷가 펜션을 예약한 덕분에 한적하고 평화로웠다. 바닷가 모래사장을 언니와 함께 걸었고, 파도소리 속에서 갈매기 발자국을 찾고, 가끔 구멍 난 조개껍데기를

주웠다. 언니는 오카리나로 〈섬집아기〉를 연주해서 우리에게 없었던 유년을 상상 속에서 불러냈다.

언니가 오카리나를 능숙하게 연주하는 모습은 나를 놀라게 했다. 오랜만에 만난 언니는 젊은 날의 고통스러운 모습을 벗고 성숙하고 예술적인 분위기의 아우라를 보여주었다. 언니의 푸른색 오카리나는 형수가 일본 여행 때 사 온 선물이라고 했다. 언니는 형수처럼 〈대황하〉를 불 수 있어야 진정한 오카리나 연주자라고 말했다.

저녁엔 언니와 해산물 모듬요리, 그릴에 구운 농어요리와 백포도주를 한잔하기로 했다. 언니가 가격이 비싸다고 손사래를 치며 싫다고 했으나 나는 언니를 위해 사치를 부리고 싶었다.

레스토랑엔 분위기에 맞는 음악이 잔잔히 흐르고 있었다. 그릴에 구운 농어와 골뱅이와 생선을 먹고 와인을 마시던 언니가 말했다.

"소주는 없니?"

"트렁크에 한 상자 있지,"

언니가 웬 소주가 한 상자씩이나 있느냐는 표정으로 나를 바라보았다.

"지난주에 대학 시절, 야학을 같이했던 친구들이 모여, 〈서울의 봄〉 영화를 보고 간단한 야유회를 했어. 그때 먹다 남은 거야."

영화 〈서울의 봄〉은 사람들을 열광시켰고 1980년을 소환시켰다.

"이준도 만났겠구나. 나도 영화를 보며 그 시절 너희들 생각을 했어." 언니가 말했다.

나는 이준이라는 말에 입을 닫았다. 이준은 권력 언저리에서 살진 비둘기처럼 먹이를 찾아 빙빙 돌고 있었다. 젊은 날의 순수했던 이준은 이젠 없다.

언니가 내게 눈짓을 했다. 구운 생선을 포장해서 방으로 들어가자는 신호였다. 방에 들어오자, 언니가 훌훌 옷을 벗어젖히고 고무줄 바지를 가방에서 찾아 입었다.

"휴, 살 것 같다."

나는 언니의 잔에 소주를 따랐고 언니도 내 잔에 술을 따랐다. 첫 잔을 벌컥 마신 언니가 입을 뗐다.

"형수가 죽었단다."

"형수가?"

언니가 가만히 내 눈을 들여다보았다.

"넌 이제 나와의 추억을 다 내다 버렸지?"

"형수가 죽다니 무슨 일이야?"

나는 놀라서 물었다.

1980년 서른 살의 언니는 열아홉의 나와 손잡고 어두운 방 안에 서 있다.

그 시절 나는 '생활'이라는 구체적인 문제보다 '삶'이라는 추상적인 명제에 꽂혀 있었기 때문에 이준이 얘기한 '이스크라'에 매료되어 빠져들고 있었다. 이스크라. 불꽃을 달고 달려온 단어가 내 심장에 들이박혔다.

어둠 속에 서 있는 자작나무가 달빛 속에서 은회색 섬광을 발하고 있었다. 자작나무의 은회색 섬광은 젊은 우리의 꿈처럼 신비롭고 환상적이었다.
"내가 죽으면 자작나무 밑에 뿌려지면 좋겠어. 이렇게 살다가 말이지."
콜타르같이 찐득한 어둠 속에서 이준이 라이터 불꽃을 켜 들었다.
"이스크라. 불꽃이란 뜻이야. 레닌이 만들던 잡지 이름이기도 하지."
이준의 음성이 자작나무를 타고 우듬지에 올라앉은 듯 잎사귀들이 팔랑거렸다. 나는 우듬지를 쳐다보았다. 내 젊음도 그때 명랑하게 반짝였다.

"이렇게 하면 내 혹이 가려져."
언니가 머리를 흔들어 굽은 등 위로 긴 머리칼을 흩뿌렸다. 언니의 머리칼은 물기를 흠뻑 먹은 흑단처럼 검고 아름다웠다.
언니는 구루병으로 등이 굽었다. 목욕탕 때밀이인 언니는 늘 자신의 굽은 등을 혹이라고 했다.
"내가 공장에 있는 것보다 목욕탕을 택한 것은 지하에 숨어 있을 수 있기 때문이야."

언니가 말했다.

곱사등이 언니의 말을 들을 때마다 나는 도끼(도스토옙스키)
의 '지하생활자의 수기'를 생각했다. 퀴퀴한 지하 방에서 40년을
지낸 사내의 이야기를 전 세계인들이 귀 기울여 듣는다면 이제
30대 초반의 젊은 여성 지하생활자의 꿈도 들어줘야 마땅하다
고 생각했다.

언니는 동네 지하 목욕탕에서 새벽 6시부터 밤 8시까지 일했
다. 언니의 때 미는 솜씨는 소문이 나서 단골이 늘어났고 제법
좋은 벌이가 되었다. 지하에서 일하는 매 순간에도 언니는 자신
의 꿈을 잊어 본 적이 없다고 말했다. 하지만 그 여성 지하생활
자의 꿈이 내 삶과 맞닿아 있다는 것을 생각할 때마다 목이 죄
어 오는 것처럼 숨이 막혔다. 목을 옥죄어 오는 고통을 언니는
모른다. '불꽃처럼 살다 가는 것이 나의 꿈'이라고 말한다면 언
니는 내 눈알을 파낼 듯 달려들 것이 틀림없다.

언니의 꿈은 내가 선생이 되어 월급을 타고 해맑은 미소로 아
이들을 가르치는 것이다. 언니는 그 꿈을 이루지 못하고 곧 죽
을 사람처럼 자신의 입으로 되뇌고 내 머릿속에 새겨 넣으려고
했다.

"넌 내 꿈이야."

언니는 내 이마에 자신이 믿는 삶의 슬로건을 조각칼로 파서
넣을 듯이 말했다.

"니들 애비 에미처럼 살진 말아라."

할머니가 도시로 떠나는 우리를 두고 했던 말이었다.

금광을 찾아 노다지를 캐오겠다던 할아버지는 새댁이던 할머니가 파파 할머니가 될 때까지도 나타나지 않았다. 청상으로 키운 아들인 내 아버지는 결혼 후, 인도 보르네오에서 원목 가공 사업을 하겠다고 떠난 뒤 소식이 없었다. 두 남자는 떠남, 사업, 돌아오지 않음이라는 점에서는 그 아버지에 그 아들이었다. 엄마는 큰딸이 구루병인 걸 슬퍼하다 집을 나가 버렸다. 그 이후부터 언니는 나의 엄마가 되었다.

<영화상회>는 잡화를 파는 가게였고, 가게에 붙은 방에서는 주인 여자가 사람들을 불러 모아 놓고 화투를 치느라 항상 시끌벅적했다. 주인 여자는 화투판에 한눈을 팔다가도 두부나 콩나물을 사러 오는 손님이 있으면 얼른 뛰어나가 물건들을 검은 비닐봉지에 담아주곤 했다. 가끔은 두부를 사러 간 내게 신 김치를 한 사발 담아주기도 했다. 하지만 주인 여자가 덧붙인 말은 내가 제일 듣기 싫은 소리였다.

"공부 열심히 해서 니 언니 한을 풀어줘야지."

내가 국립 사범대학을 다니고 있는 것은 말할 수 없이 싼 학비와 졸업만 하면 매월 봉급을 타고 안정된 생활이 보장된다는 - 여자들에게 그만한 직장은 세상에 없다는 - 언니의 확신 때문이었다. 언니의 때밀이 수입이 없었다면 결코 대학 근처에 가지도 못할 처지인 나는 언니의 뜻대로 사범대학 국어교육학과로 진학했다.

언니와 내가 사는 방은 〈영화상회〉 뒤, 별채로 지어진 월세 방이었다. 〈영화상회〉 뒷방은 원래 큰 방이었던 것을 베니어 판으로 가로막아 방 두 개를 만들어 세를 준 것이었다. 두 방을 가로막고 있는 벽은 귀뚜라미의 촉수가 움직이는 소리도 들릴 것 같은 얇은 벽이어서 사생활을 보호하기엔 턱없이 허술했다.

벽 너머에는 〈영화상회〉의 큰아들 형수가 살고 있었다. 일 정한 직업 없이 하루를 소일하는 형수는 서른 초반의 나이였다. 언니와 나는 밤이면 그가 몸을 비트는 소리까지도 들을 수 있었 다. 그도 우리가 옷 벗는 소리를 들으며 자위를 했을지도 모를 일이었다. 언니는 일찍 잠들지 못했다. 나는 벽을 사이에 두고 그와 언니가 몸을 섞는 것 같은 위험한 착각에 빠지기도 했다. 위험한 착각은 점점 확대되어 언니의 길고 검은 머리칼이 그의 몸뚱이 위로 흘러내리고 그의 손이 언니의 혹을 어루만지는 모 습으로 그려졌다.

언니의 살결은 점점 물에 닳아 거칠어져 갔다. 온몸이 지하 목 욕탕의 습기를 빨아들여 붉은 반점이 툭툭 돋아났다. 밤마다 나 는 언니의 몸에 습진약을 고루 발라 주었다. 뿌연 점액질의 습진 약을 언니의 살갗에 문지르고 있으면 언니는 까무룩 잠이 들었 다. 옆 방에서 투두둑 하는 소리가 들렸다. 형수가 옷을 벗는 소 리이거나 잠잘 채비를 하는 소리일 것이다. 나는 그의 벗은 몸을 본 듯 몸을 움츠렸다. 그 소리를 지우려고 목소리를 높였다.

언니의 꿈은 뭐야?

니가 선생님 되는거, 월세방 벗어나는 거, 돈 버는 것.

그거 말고 진짜 꿈 말이야?

진짜 꿈? 사내 몸을 안고 뒹굴어 보는 것.

언니가 내 귀에 속삭였다. 나는 울컥 목이 메었다.

월세가 싼 만큼 부엌은 아예 없었다. 세를 놓으면서 임시로 달개지붕 밑에 있던 아궁이를 중심으로 얼기설기 나무를 엮어 부엌을 만들었기 때문에 부엌 틈새로 들어온 황소바람이 온몸을 얼어붙게 했다.

겨울이면 그릇들이 얼음치장을 하고 뎅그렁거렸다. 그 부엌에서 언니와 나는 된장찌개를 끓이고, 김치를 썰고, 밥을 해 먹었다.

둘 다 쉬는 날이면 별식을 해 먹기도 했는데, 다진 돼지고기 살에 양파, 양배추, 당근을 다져 넣고 빵가루로 버무려 기름에 튀겨 먹는 거였다. 고온에서 끓는 기름 냄새는 순식간에 뱃속을 자극해 머리로 뻗치는 세상살이의 걱정을 배 아래로 끌어당겨 잠재웠다. 낮에도 우리 방은 컴컴했다. 햇빛을 못 보는 것이 구루병의 원인 중 하나인데, 우리는 아직 햇빛 아래로 나서지 못하고 있었다. 아니, 언니는 하루 종일 지하 목욕탕에 갇혀 있었다.

그날도 통금 해제가 되기 전인 새벽 3시 반에 일어나 아이들을 가르치러 갔다. 4시까지 아르바이트를 할 집에 도착해야 했다.

거리로 나서자 플라타너스의 너울거리는 잎이 섬뜩했다. 우악스런 사내의 손바닥 같은 플라타너스 잎은 내 발등 위에 검은 그림자를 만들었다. 그림자는 내 불안의 양만큼이나 일렁거렸다. 어두운 새벽길이 무서워 나는 달렸다. 넓은 도로가 나타나면 걸음을 늦췄다.

길가 옆의 정육점에는 벌건 불이 켜져 있었다. 모조 고기는 쇠갈고리로 천장에 매달려 있었다. 붉은 꼬마전구의 빛을 받은 모조 고기에서는 뻘건 핏물이 뚝뚝 떨어졌다. 나는 눈을 질끈 감았다가 떴다. 낮에는 친근하고 평이하게 만났던 사물들이 이 시간에는 모두 괴이하게 느껴졌다. 붉은 불빛에 비친 젊은 내 얼굴도 낯설고 슬퍼 보였다.

내가 가르치는 아이들의 부모는 시내에서 큰 서점을 운영하고 있었다. 부부 모두 서점에 매달려 있느라 나는 그 집에서 보모 겸 가정교사 역할을 했다.

초등학교 2학년 여자아이, 5학년 남자아이, 중학교 3학년 여자아이, 세 명을 종합세트로 묶어 둥근 밥상을 펼쳐 놓고 가르쳤다. 새벽에 눈을 비비고 둥근 밥상 앞에 앉은 아이들은 귀여운 토끼 새끼들 같았다. 아이들의 할머니는 두부를 따뜻한 물에 데워 간장 양념을 해서 공부방으로 들이밀어 주곤 했다.

"선생님 졸려요, 그만 해요."

아이들은 새벽을 뚫고 도착한 나를 잠이 덜 깬 투정으로 맞았다. 하품 섞인 아이들의 투정은 귀여웠지만 지겨울 때도 있었다. 귀여운 토끼도 지겨울 수 있다는 것을 그때 알았다.

새벽에 일어나 공부를 가르치러 가는 일은 무척 힘들었지만 나는 그 집주인의 제안이 맘에 들었다. 책은 언제라도 마음껏 갖다 보세요. 겉표지를 싸서 읽고 서점에 갖다 꽂아 놓으면 돼요.

아, 얼마나 매혹적인 제안이었던지. 내가 그토록 열망하던 꿈은 바닥에서 천장까지 책을 가득 쌓아놓고 유리창에 별이 떴다 질 때까지, 다시 떠오를 때까지, 다시 질 때까지 책을 읽는 것이었다. 그럴 수만 있다면, 새벽이라도 좋아요, 보모라도 좋아요. 나는 서점주인의 제안을 덜컥 승낙했다.

사월이 왔고 바람은 부드러웠다. 대학 이학년인 나는 대상도 없고, 근원도 알지 못하는 그리움으로 우울했고 봄이 오는데도 화사하지 못한 자신이 맘에 들지 않았다. 깊어지지 못하는 시, 단단하지 못한 철학적 질문들, 위기의 시대에 대한 방임적 태도가 스무 살의 청춘을 아프게 했다.

아르바이트를 갔다 와 부엌에 나간 언니 자리만큼 넓어진 공간에서 뭉그적거리고 있는데 문이 발칵 열렸다. 부엌에서 별식을 만들던 언니였다.

"너, 야학 그만둬."

언니가 멀뚱히 쳐다보는 나에게 종주먹을 들이대며 소리 질렀다. 언니는 눈이 뒤집힌 사람처럼 악을 썼다.

"이 미친년아, 너 빨갱이야?"

갑자기 방으로 뛰어든 언니가 내 머리채를 휘어잡고 벽에다 짓찢었다.

"넌 내 꿈인데, 넌 내 꿈인데, 이젠 끝인 거야, 그런 거야? 엄마, 아빠처럼 살다 갈래?"

어느새 언니는 자기 머리칼을 쥐어뜯고 있었다. 언니의 머리칼이 등을 벗어나 옆으로 쏠렸다. 머리칼이 언니의 얼굴 옆에서 흔들렸다. 머리칼 서너 가닥이 소리 지르는 언니의 입속으로 빨려들었다. 언니의 뺨에 붙은 검은 머리칼은 언니의 얼굴을 조각조각 나누어놓았다. 여성 지하생활자에게 다가왔던 봄바람은 숨겨진 손톱으로 언니를 할퀴었다.

학과장이 우리 집을 찾아와 언니에게 내 인생이 파멸될 거라고 협박을 하고 간 날은 4월 19일이었다. 상징적인 그날, 우연히 야학교사들이 모두 결석하는 바람에 학교가 발칵 뒤집혔다. 야학교사들은 모두 서클 '민중해방'의 회원들이었다.

위험인물들이 집합한 서클 학생들이 이 상징적인 날에 학교를 나오지 않은 것은 대단한 음모가 있을 거라는 성급한 판단 때문에 각 단과대학 학과별로 비상이 걸렸다. 모든 학과에서 결석한 학생들의 집을 찾아 가 보라는 지시를 받았다.

우리 집을 찾은 학과장은 언니에게 야학교사 같은 불온한 행동을 하는 한 졸업을 한다 해도 교사 발령을 받는 것은 어렵다며 절망감을 한 보따리 안겨주고 갔다. 언니는 내가 이른 새벽 아르바이트를 갔다 오는 동안 몸을 바르르 떨면서 참고 있었을 것이다.

언니는 정말 모른다. 그날, 내가 학교를 빠진 것은 4.19였기 때문이 아니고 안개 때문이었다는 것을. 그날 아침 집을 나서 학교로 가던 나는 도시에 내려앉은 안개에 매혹되었다. 그 순간 안개를 버리고 강의를 들으러 갈 수는 없다는 격렬한 열정에 갇혀버렸다.

야학 선생들인 운동권 학생들이 모두 결석을 해버려 학교가 발칵 뒤집힌 그 시간에 나는 호수 근처의 계단에 앉아 카페에서 흘러나오는 차이코프스키 피아노협주곡 1번을 듣고 있었다. 그러니 학교에서 찾던 좌파 운동권 하나는 부르주아들이 즐겨듣는 피아노협주곡을 듣고 있었던 것이다. 카페 안에서 커피를 마시며 음악을 듣기엔 내 주머니는 텅 비어 있었다.

이 나라를 뒤덮고 있던 마르크시즘에 경도되지는 못했으나 마르크스의 친구가 자본가인 엥겔스였고 죽을 때까지 물질적인 지원을 아끼지 않았던 소울메이트라는 사실에는 경도되었다. 특히 마르크스도 오페라를 사랑했다는 사실을. 마르크스가 엥겔스가 보내준 돈으로 오페라 티켓을 예매하고 와인과 꽃을 샀다는 사실은 내가 마르크스를 더 사랑해도 괜찮게 만들었다. 그가 쓴 〈공산당 선언〉을 읽어 보지는 못했지만, '하나의 유령이 유럽을 배회하고 있다. 공산주의라는 유령이.'라는 유명한 구절쯤은 알고 있었다.

내가 야학교사를 하게 된 것은 순전히 신동엽의 〈금강〉이란 시집 때문이었다. 그즈음 나는 신동엽의 '이야기하는 쟁기꾼의 대지'라는 시를 줄줄 외우고 다녔다. 신동엽을 읽는 것은 불온한 일의 시작이었다. 불온함과 자긍심이 섞인 이 감정이 나를 이준에게로 끌어당겼다.

강의가 끝나고 학교 앞 벤치에 앉아 있었다. 벌판에 가득한 청보리 숲이 바람에 흔들렸다. 푸른 레이스처럼 일렁이는 청보리가 헐벗은 내 생을 감싸 안을 듯이 몸쪽으로 기울여왔다.

봄이 오고 있는데도 나는 인디언 핑크의 골덴바지와 브이넥 라인의 회색빛 스웨터를 입고 있었다. 이 겨울옷들은 언니가 가끔 들르는 알뜰 바자회에서 사 온 것들이었다. 바자회는 돌고 도는 가난의 시장이다.

분홍색 바탕에 회색 체크무늬의 점퍼스커트를 입은 채영과 빨간색 바탕에 흰 도트무늬가 있는 원피스를 입은 혜영이 팔짱을 끼고 강의실에서 나오다 나를 힐끔 바라보았다. 오늘도 머슴애들을 만나러 가는 모양이었다. 나는 저 애들이 죽도록 부럽다. 등록금을 담보로 인생을 간섭하는 혹 달린 언니도 없고, 삶과 시간을 맞바꿔야 하는 아르바이트를 안 해도 되는 쁘띠 부르주아가 부러운 것이다.

"시집 한 권 사시죠."

검게 물들인 작업복을 입은 남학생이 내게로 걸어왔다. 나는 그가 들고 있는 책 겉장을 바라보았다. 〈그리운 바다〉라고 쓰여 있었다. 책 제목을 읽고 곧 눈을 내리깔았다. 운동화로 흙바닥을 긁적였다. 그런 감상적인 제목에 콧방귀도 꾸지 않는 내 표정을 알아차렸다는 듯이 그는 '저기요'하고 은밀한 목소리로 나를 다시 부른 뒤 곧 책 표지를 넘겼다. 그가 넘긴 속표지에는 〈금강〉 신동엽이라고 쓰여 있었다.

"금서라서요, 투쟁을 위한 후원금으로 쓰려고 합니다."

그 말을 들은 나는 갑자기 흥분되는 것을 느꼈다. 아찔했다. 그것이 금서라서기보다는 겉표지와 속표지를 다르게 해서 세상을 속일 수 있다는 것이 신나서였다. 그리고 겉표지와 속표지의 불화가 세상 속에서 잘도 굴러간다는 사실을 알게 된 순간, 이 낡은 생이 금강석처럼 전복될 것 같은 쾌감이 밀려왔다.

나는 얼른 책 한 권을 받아들고 지갑을 열어 책값보다는 후원금 성격이 강한 금액을 지불했다. 내가 지불한 금액에는 사회개혁에 관한 무거운 책무감을 덜어보겠다는 얄팍한 잔꾀도 들어 있었을 것이다.

흥, 사실 나는 이 세상이 바뀔 거라고는 꿈도 꾸지 않았다. 그래서 투쟁이나 혁명이란 단어를 완벽하게 믿지 않았다. 그런데도 나는 초조하고 불안했다. 책을 팔고 돌아서던 남학생이 다시 내 쪽으로 방향을 틀었다.

"저, 야학에 국어 교사가 필요한데 해 주실 수 없을까요?"

그의 강렬한 눈빛이 나를 재촉했다. 나는 주술 걸린 사람처럼 고개를 끄덕였다. 그렇게 이준을 만났다.

야학이 끝나는 시간은 밤 11시였다. 학생들은 인근 조화공장이나 용접소, 중국집에서 일하거나 시골에서 올라와 식모살이를 하고 있었다. 근수는 비 오는 날이면 항상 결석을 해야 했다. 비가 오는 날, 이 나라 사람들은 짜장면이나 짬뽕에 열광하기 때문이다. 영숙이 곁에서는 늘 아교풀 냄새가 났다. 영숙이는 조화공장에서 꽃잎을 하나하나 아교로 붙이다 보면 야학에 올 때쯤엔 온몸에 아교 냄새가 밴다고 말하며 쑥스러워했다. 스승의 날 영숙이가 준 조화는 내 생애 처음으로 받은 꽃다발이었다. 수경이는 시골에서 올라와 식모살이를 하고 있었다. 나는 학생들에게 시를 가르쳤다. 밥도 되지 않는 시를 폼을 잡고 가르쳤다.

진짜 시는 몸으로 쓰는 거야, 머리로 써서는 안 돼.

야학이 끝나면 야학 선생들은 뒤풀이를 했다. 야학 교실이 있는 건너편에 12시까지 문을 여는 튀김집이 있었다. 야학 선생들은 고구마 튀김, 오징어 다리 튀김, 야채 튀김, 심지어 곤달걀까지 안주로 해서 술을 마셨다. 허겁지겁 입에 소주를 털어 넣으며 시대의 아픔을 토로하느라 술자리는 빈약한 안주와는 다르게 뜨거웠다. 야학 선생들은 모두 남학생이었다. 여학생은 나 뿐이었다. 자리에 앉아 있던 이준이 나를 보더니, 불쑥 일어나 마지막 소주를 입에 털어 넣으며 '갑시다.' 하고 말했다. 나는 자리에서 일어났다. 이준은 나를 집까지 바래다줄 의무가 자신에게 있다고 생각한 모양이었다.

길은 컴컴했다. 낮게 어둠 위에 엎드린 그의 말소리가 이 세상의 전부였다. 꿈꾸는 새로운 세상에 대해서 말할 때도 그는 격정에 휩싸이지 않았다. 그의 목소리는 청보리의 물결처럼 내 누추한 일상 속으로 스며들었다.

야학 수업을 끝내고 이준과 헤어져 <영화상회>를 돌아 들어가 힘없이 방문을 열었다. 그 순간 방을 제외한 모든 세상은 눈앞에서 사라졌다. 세상의 모든 소리는 거세되었다. 비밀스럽고 폭력적인 움직임과 소리만이 방을 가득 채우고 있었다. 언니의 검은 머리칼을 두 손으로 움켜잡고 누르고 있는 것은 형수였다. 언니의 손이 형수의 목덜미 위를 밀쳐내는 것이 아니라 껴안듯이 더듬거렸다. 동시에 눈에 들어온 것은 언니의 굽은 등이었다. 더 또렷한 것은 언니의 그 달뜬 손가락의 움직임이었다. 나는 급히 문을 닫았다.

파란 철 대문을 밀고 들어가니 수돗가 바로 앞이 이준의 방이었다. 이준의 방 앞에는 열 켤레가 넘는 운동화가 널브러져 있었고 후배들이 가득 들어앉아 열띤 토론을 하고 있었다. 내가 들어서자 이준이 '이제 끝낼 때가 되었지, 술이나 한잔할까?' 하고 말했다. 둘러앉은 사람들은 주머니에서 주섬주섬 돈을 꺼내 놓았다. 후배 한 사람이 나가더니 소주와 오징어, 마른 땅콩을 사 가지고 왔다. 술이 한 잔씩 돌았다. 누군가가 가만가만 시를 읊었다. 신동엽이었다. 곱슬머리에 두꺼운 안경을 쓴 이준의 후배는 나직한 음성으로 시를 외우고 나서 입에 소주를 털어 넣었다. 벽을 기대고 죽 둘러앉은 이준의 후배들이 서로의 잔에 술을 따르고 이야기를 나누기 시작했다. 이준이 옆에 앉은 내게 술을 따랐다. 술잔을 들어 입에 가져가던 나는 벽을 쳐다보았다. 벽에 종이 한 장이 붙어 팔랑거렸다.

"저건 뭐지?"

"응, 우리 집에서 밥 먹고 간 사람들 이름이야."

이준이 웃으며 말했다. 이름 옆에는 '正'자를 완성해가며 밥 먹은 횟수를 그어 놓았다.

"밥 먹은 만큼 일하자는 거야?"

"밥 먹은 만큼 학습하고 투쟁하자는 거야. 고향에서 쌀이 올라오면 한 달이 못 가 바닥이 나."

이준의 고향은 서해였다.

"하얗게 소금을 캐는 곳. 이렇게 모여앉아 땀과 체온을 나누는 것이 삶을 밀어가는 힘이야. 땀이 증발하면 그 귀한 소금이 남는 거야."

이준이 나를 데려다주려고 일어섰다. 그와 나는 후배들을 남겨두고 방을 나왔다.

컴컴한 어둠 속으로 목련꽃 향기가 은은하게 스며들었다. 이준이 골목을 빠져나와 한참을 걷다 문득 발을 멈췄다.

"어디 조용한 데 가서 얘기 좀 할까?"

"조용한데, 어디?"

나는 이미 그의 큰 눈 속으로 빨려 들어가고 있었다. 그의 손을 잡고 밤새도록 얘기를 나눌 수 있는 곳이라면 어디든 따라갈 수 있었을 것이다. 슬픈 열대이든, 극한지이든.

이준과 도착한 곳은 여관 앞이었다. 남자와 자본 적이 없었던 나는 망설였다. 하지만 내 내부의 한편에서는 이준과 빨리 몸을 섞고 싶어 안달이었다. 세상의 규율에 엿을 먹이고 싶다는 위악적인 욕망이 고개를 쳐들었다.

이준이 이층계단을 올라가 여관방 키를 꽂고 돌렸다. 꽃무늬로 도배된 작은 방에는 낡은 흰색 침대가 놓여 있었다. 나는 침대에 걸터앉아 가볍게 다리를 흔들었다. 스프링이 늘어난 침대 매트리스가 덜거덕거리며 소리를 냈다. 이준이 침대 프레임에 의지해 방바닥에 앉았다. 노크 소리가 들리더니 종업원이 숙박부와 물컵이 담긴 차반을 들고 들어왔다. '여기 기록 좀 해주세요.' 그는 이준이란 자기 이름 대신 상호라고 적었다. 멋쩍은 듯 나를 쳐다보았다. 나도 이준의 눈을 쳐다보았고 자연스럽게 가명을 적어넣는 그의 행동이 유쾌하지는 않았다. 내게는 혁명과 순수는 하나였고, 순결과 순진함도 그 일부였기 때문이었다.

종업원이 나가자 얘기를 나누자던 이준은 침대 위로 올라와 내 몸을 꼭 안았다. 내 몸과 그의 몸 사이에 돌고 있던 기운이 발끝을 타고 온몸의 혈액 속을 휘저었다. 이준의 몸과 내 몸은 격정 속에서 발버둥 쳤다. 이준이 내 몸속으로 들어와 유백색의 분비물을 쏟아낸 것은 순식간이었다.

내 첫 섹스는 어이없이 끝났다. 내 몸은 아직 달아 있었으나 이준이 끝낸 섹스에 대해 이의를 제기할 수 없었다. 이준은 곧 코를 골며 잠에 빠졌다. 섹스를 치르고 난 뒤에 달려온 달콤한 잠을 즐기고 있었다. 하지만 그를 바라보고 있는 나는 영 잠이 오지 않았다. 알 수 없게도 편안하게 자는 그의 얼굴을 바라보면 바라볼수록 증오감이 내 내부에서 솟아올랐다. 어이없게도 태평스럽게 잠을 자는 그를 용서할 수 없었다. 그의 코 고는 소리는 점점 커졌고 나의 그에 대한 혐오감도 커졌다.

그의 잠자는 얼굴은 시대의 아픔을 고민하는 얼굴도 아니고, 혁명가의 얼굴도 아니었다. 난 대체 누구를 사랑한 것인가? 그의 삶 전체가 고통으로 가득 차 있지 않으면 그 자체로 이준이 아니라는 식의 강박에 사로잡혀 있던 나의 혐오감은 점점 커져서 달콤한 잠에 취해있는 그를 흔들어 깨워 이렇게 소리치고 싶었다.

'네가 말하는 그 새로운 시대를 뼈가 부러지고 살점이 떨어져 나가도록 증명해 봐. 그렇지 않으면 너는 가짜야.'

그 잘난 이데올로기에 종주먹을 대고 엿을 먹였다. 나는 잠에 취한 이준을 두고 혼자 방을 나왔다.

다음날 오후 강의는 '현대 시 강독'이었고 교수는 한용운의 시를 강독했다. 그는 자신의 노트를 읽어나갔다. 고등학교 때 배운 한용운과 다른 점은 '님'에 대한 주석이 더 길게 늘어났다는 것뿐이었다. 나는 '님'에 대한 개념적이고 구조적인 ―그래서 실제 '님'과는 거리가 멀어지고 있는─ 그 강의를 견디지 못하고 졸음에 빠져들었다.

강의가 끝난 후 학과장이 나를 부른다고 과대표가 알려 주었다. 삼층 강의실 계단을 내려와 이층 학과장실의 문을 열자, 검은 뿔테안경을 쓴 학과장이 일인용 소파에 앉아 들어오는 나를 힐끔 쳐다보았다. 학과장이 맞은편 의자를 턱으로 가리켰다. 나는 서양란이 진분홍 꽃을 피우고 있는 다탁 앞에 앉았다. 향기 없는 난꽃 건너 학과장의 얼굴을 바라보았다.

"넌 우리 대학에서 거물급이 됐어."

학과장이 종이를 흔들며 비아냥거렸다.

"〈민중해방〉 서클 부회장으로 네 이름이 올라있다고."

학과장의 목소리가 높아졌다.

"전 모르는 일인데요."

나는 차분하게 말했다.

"발뺌해도 소용없어. 증거가 있잖아, 여기. 이건 내 목이 달린 문제야."

나는 반사적으로 학과장의 목을 쳐다보았다. 굵은 목에는 가는 주름살 무늬가 있었고 주름살 사이로 기름기가 흘렀다.

학과장이 재촉하는 것은 내가 운동권 학생 중에도 열혈당원임을 자백하라는 것이었다. 〈민중해방〉 회원 중 누군가가 내 이름을 부회장에 올려놓았던 것이다. 그 누군가는 이준일 거라는 생각이 빠르고 날카롭게 지나갔다. 내 머릿속이 혼돈에 휩싸이는 순간.

"내 목이 달린 문제야."

코미디 같은 상황을 근엄하게 접근하는 이 인간이 나는 아주 우스워졌다.

지난 학기 현대문학 강의 리포트로 나는 '콜린 윌슨의 〈아웃 사이더〉에 의한 한용운의 시 읽기'라는 짧은 논문을 제출했었다. 그 짧은 논문을 쓰기 위해 도서관에 붙어 있다시피 했다. 하지만 학과장은 내게 D 학점을 주었고 남의 논문을 그대로 베껴 쓴 채영에게는 A 학점을 주었다. 나는 곧바로 학과장을 찾아가 도서관에서 대출해 온 논문을 들이밀었다. 학과장은 그 자리에서 자신이 그 논문을 읽어 보지 못했음을 시인했고 나에게 사과했었다. 그 후로 학과장은 자주 호감 있는 태도를 보이고는 했었다.

"너에겐 한때 지나가는 젊은 혈기의 해프닝이지만 내겐 목구멍이 달린 문제야."

난 목구멍이 달린 문제라고 말하는 학과장을 가만히 바라보았다. 넌 꿈도 없니? 목구멍을 말하게? '목'을 '목구멍'이라고 속물적으로 말함으로써 내 동정이라도 사겠다는 속셈을 모를 리 없었다. 학과장은 계속해서 말했다.

"이 양식에 〈민중해방〉 서클 회원이 아니라는 사인을 하지 않으면 장학금을 탈 수 없으며, 교사 임용도 받을 수 없고 심지어는 학교를 졸업하기도 어려울 거야. 사인만 하면 너만은 뺄 수 있어."

학과장이 달콤한 과자를 입에 넣어 주려고 하는 듯한 은근한 말투로 속삭였다.

"전 그 서클 회원이 아닌데 왜 사인을 해야 하나요? 전 그 서클과는 아무 관계도 없어서 사인하지 않겠습니다."

학과장이 인터폰을 누르더니 누군가를 불렀다. 잠시 후에 학과장실로 들어온 사람은 사대학장이었다. 젊은 사대학장과 늙은 학과장의 대비가 또렷해서 인상적이었다. 늙은 학과장이 말했다.

"이 학생이 사인을 안 하려 합니다."

사대학장이 내게 물었다.

"정말 이 서클과 관계없지?"

"네."

"이 학생은 실제로 운동에 연루된 증거는 없으니 믿어보지요."

사대학장이 말을 던지고 바쁘게 학과장실을 빠져나갔다. 학과장은 아직 미련을 버리지 못하고 나를 쳐다보았다.

"네가 그 서클과 관계없다는 진술서를 한 장 써주면 좋겠다."

"사실이 틀림없는 것을 다시 확인하는 어리석은 일은 하기 싫습니다."

학과장의 얼굴이 검붉게 변했다.

학과장의 넘치는 배려로 나는 학과에서 많은 부분, 불이익을 받았다. 장학금을 받을 수 없었고 특별세미나에도 신청서를 낼 수 없었다. 학점조차도 학과장의 손길이 스치지 않았나 의심할 정도로 나빴다. 나는 다시 학과장을 찾아가 사인을 하게 해 달라고 빌고 싶은 지경이었다. 무난하게 학교를 졸업하고 교사가되고 싶다고. 그것이 언니의 꿈이자 나의 꿈이라고. 야학 경력이 교사가 되는데 걸림돌이라면 당장 집어치우겠다고 빌고 싶었다. 채영이처럼 교수 연구실에 꽃을 갖다 놓지는 못할망정 당신이 머무는 아파트를 찾아가 청소라도 해주고 싶다고 호소하고 싶었다.

하지만 나는 내가 결코 그렇게 하지 않을 것이라는 사실을 알고 있었다. 그러나, 허락도 없이 서클 부회장에 내 이름을 올린이준에 대해서는 대단히 분노하고 있었다.

이준과 커피숍에서 만났다. 이준은 수척해 보였고 투명한 눈으로 나를 쳐다보았다. 이준이 자리에 앉자마자, 나는 드릴로나무를 뚫어 구멍을 내겠다는 듯이 달려들었다.

"대체 내가 왜 너희 서클의 부회장이야?"

"그렇게 날 세울 일이 아니야, 학교에 서클 인정을 받으려면드러나지 않은 사람을 내세워야 해서."

"그래서 내 허락도 없이 이름을 올렸어?"

"혁명을 위해 그쯤은 해 줄 수 있는 거 아닌가?"

이준이 당연하다는 듯이 말했다.

"왜 내가 당연히 그래야 하는데?"

"그런 나약한 부르주아 근성은 버려."

이준이 혁명전사처럼 엄숙하게 말했다.

"부르주아 근성이라고? 네가 뭔데 날 함부로 재단하는 거야? 나에 대해 뭘 안다고."

"네가 쓴 시를 읽어봤어. 형편없이 감상적이고 마스터베이션에 지나지 않는 시들 말이야. 그따위 시들이 민중의 삶에 무슨 도움이 되리라고 생각해?"

"도움이 되라고 시를 쓰니? 난 내 감정의 한 겹이라도 정확히 사랑하는 인간이 되고 싶어."

"그게 너의 한계야."

컵을 들어 이준의 얼굴 위에 물을 뿌렸다. 물을 뒤집어쓴 이준은 냉소적인 표정으로 나를 쳐다보았다. 계단을 뛰어 내려왔다. 세상은 비현실적이었다. 빌딩과 가로수와 사람들이 악몽처럼 뒤엉켜 카오스 그 자체였다. 나는 카오스의 숲속으로, 내 삶을 다 내려놓은 듯이 비틀거리며 걸어갔다.

이준의 말이 맞는지도 모른다. 내 살과 뼈에는 곳곳이 부르주아를 선망하는 태도가 배어 있다. 나는 야학 학생들에게 노동은 신성한 거라고, 너희들은 자본가에게 착취당하고 있는 거라고 힘 있게 얘기했으나 그것은 텅 빈 관념에 지나지 않았다.

나는 가능하면 언니의 그늘에서 벗어나려 애썼고, 내 출신 성분이 부끄러웠고, 채영이가 입고 다니는 원피스가 부러웠다. 내 몸은 시베리아를 건너는 대륙 간 열차를 타고 와인을 기울이며 여행을 하고 싶다는 열망으로 가득 차 있었다.

하지만 나는 아직도 왜 이준은 핏방울이 튀어 오를 것 같은 혁

명의 시만을 '시'라고 인정하는지, 왜 모든 욕망은 억제되어야
하며 전제된 선에 봉사해야 하는지 동의할 수 없었다. 나는 내
욕망을 날것으로 느끼는 자유롭고 구체적이고 개별적인 인간이
되고 싶었다. 나를 찾아 나서는 대신 거대한 소용돌이 속에 나
를 맡기고 싶지는 않았다.

미학 강의를 끝내고 나오는데 이준이 서 있었다.
"잠깐 볼 수 있을까?"
그의 볼은 홀쭉해졌고 빛나던 눈빛도 벌겋게 충혈되어 있었
다. 우리는 농과대 건물 앞에 있는 연못가로 갔다. 연못가의 버
드나무가 연초록으로 물이 올라있었다. 초여름이 시작되고 있
었다.
이준이 나를 한참 보았다.
"어쩌면 너를 보는 게 마지막이 될지도 모르겠다."
"왜? 인도양이라도 가냐?"
나는 비아냥거렸다. '그런 유치한 삼류 연애 대사에 내가 속을
줄 알아? 너하고 배꼽 아래 한 번 맞췄다고 너에게 매달릴 줄 알
아?' 하는 심정이었다. 이준은 나를 한참이나 바라보며 말했다.
"너에게로 가는 시간이 더 필요한데."
"부르주아 찌꺼기나 만나 뭐 하겠어."
나는 독오른 뱀 모양 이준을 쏘았다.
"너에게로 더 가까이 가고 싶어."
이준이 내 손을 잡으려 했고 나는 손을 뺐다. 오월의 연초록

버드나무 사이로 깨져버린 사랑의 그림자가 드리웠다.

플라타너스 잎들이 생기발랄하게 휘날리고 있었다. 중간고사 공부를 하려고 학교에 가는 길목에서 채영을 만났다. 채영이가 나를 보더니,

"무서워, 학교 못 들어간대."

울상이 된 얼굴이었다.

"왜?"

"광주에서 사람들이 죽어 나가고 있대. 죽창으로 유방이 찔린 여자도 있고, 주남 저수지에서는 물놀이하던 아이들을 군인들이 총으로 쏴서 죽였대. 빨리 집에 들어가는 게 좋아."

채영이가 공포감에 치를 떨었다.

나는 광주에 가 본 적이 없었다. 어제까지도 TV에서는 '국풍 80'이라는 쇼 프로그램을 진행하고 있었는데 사람들이 죽어가고 있다니. '국풍 80'의 현란한 춤과 노래 뒤에서 무자비한 살육이 미친 듯이 거리를 돌아다녔던 것이다. 우려하던 일이 현실로 벌어지고 있었다. 반짝이는 대머리 군인을 '설마'하고 믿어서는 안 되는 일이었다. 허수아비로 서 있던 과도기 정부가 군홧발 밑에 짓밟히는 것은 순간이었다. 모든 일상이 순식간에 파시즘 속에 갇히게 될 것이다.

"파시즘은 섹스체위도 획일화시킬 수 있어."

이준의 비장한 농담이 생각났다.

채영이 학교에 들어갈 수 없다고 했지만 나는 정문 앞까지 걸어갔다. 무슨 일이 일어났는지 내 눈으로 확인하고 싶었다. 학교 정문에는 휴교 공고문이 붙어 있었다. 총대를 메고, 지나가는 사람들을 꼬나보는 군인들 주위로 학생들이 겁도 없이 왔다 갔다 하고 있었다.

누군가 내 손을 덥석 잡았다. 야학을 같이하던 역사학과 세호였다. 나를 끌고 담벼락 밑으로 가더니 개미라도 들을까 두려운 듯 목소리를 낮추었다.

"어제 이준이 보안사로 끌려갔어."

이준이 보안사로 끌려갔다는 얘기를 듣고 이준의 자취방으로 갔다. 재색 기와지붕이 보였다. 눈에 들어온 것은 이준의 방 뒤쪽에 세워놓은 -형사들이 이준의 일상을 감시하던- 사다리였다. 파란색 철 대문을 열었다. 수도꼭지에서 물이 졸졸 새어 나오고 있었다. 아무런 기척도 없었다. 너무 조용했다. 마루 끝에 걸터앉았다. 눈물이 는질는질 얼굴 위로 흘렀다. 나는 순식간에 늙어버린 느낌이었다. 생은 잔인했다.

집으로 가는 40번 버스가 내 곁을 스쳐 지나갔다. 핸드백을 가슴에 안고 뛰었다. 버스가 마지막 손님을 삼키고 곧 떠날 태세였다. 버스에 발을 올려놓으려는 순간.

"아가씨, 잠깐 봅시다."

앗, 짭새라고 느낀 순간 벌써 내 팔은 경찰의 한쪽 손에 잡혀 있었다. 경찰이 내게 은밀히 신분증을 내밀었다.

"잠깐 들어갈까요."

공포감이 밀려왔다. 경찰이 바로 앞의 음반가게 문을 밀고 들어섰다. 좁은 가게 안에는 벽 쪽으로 빽빽하게 엘피판들이 진열되어 있고 아바의 브로마이드가 벽 한쪽에 큼직하게 걸려 있었다. 주인은 이제 막 손님에게 엘피판을 포장하여 내밀다가 문을 밀치고 들어온 불쾌한 침입자들 때문에 눈이 둥그레졌다. 경찰이 주인에게 신분증을 내밀었다. 주인이 움찔 놀랐다. 손님도 짭새의 위압적인 분위기에 놀라 엘피판을 들고 얼른 문밖으로 사라졌다. 주인이 급히 한쪽으로 비켜섰다.

"아가씨, 거 핸드백 좀 열어봅시다."

이준의 입에서 나오던 '짭새'라는 말은 가벼웠는데 지금 내 앞에 서 있는 짭새의 존재는 나를 떨게 했다. 들고 있던 검정 비닐 핸드백을 열었다. 화근 1호가 될 만한 〈자본론〉이나 가두시위에 뿌릴 유인물이 있는 것도 아닌데, 검열을 두려워할 필요는 없었다.

짭새가 얼른 열어보라는 눈짓을 보냈다. 나는 핸드백을 열었다. 경찰이 해드셋이나 턴테이블 부품이 들어있는 유리 진열장 위를 가리켰다. 나는 치욕스러웠으나 핸드백을 거꾸로 뒤집어 물건들을 털어놓았다. 방 열쇠, 볼펜, 검은색 수첩, 작은 헝겊 가방이 떨어졌다. 헝겊 가방 안에는 생리대와 팬티가 들어있었다. 짭새가 흠, 하는 표정으로 검은색 수첩을 들어 휘리릭 넘겼다. 볼펜을 들었다가 놓았고 방 열쇠를 들어 흔들었다. 열쇠 끝에 매달린 작은 플라스틱 곰 인형이 달랑거렸다. 짭새가 헝겊 가방을 열었다. 비웃는 듯한, 호기심 섞인, 스무 살 처녀애의 알몸을 본 것 같은 비밀스러운 표정이 짭새의 얼굴에 나타났다. 짭새는 물건들을 내 쪽으로 밀어주었다. 검열이 끝났다는 신호였다.

"그 자식 지금쯤 보안사에 끌려가 자지에 심 박고 있을걸. 아가씨 자꾸 그 집 얼쩡대다간 그 자식처럼 피투성이가 됩니다."

짭새의 입에서 역겨운 담배 냄새가 났다. '이 짭새가 이준의 집에서부터 나를 쫓아왔군.' 다리가 후들거렸다.

"일찍 집에 들어가는 것이 피차 유리합니다."

짭새가 내 말 안 들으면 죽어, 하는 표정으로 말을 내뱉고는 나를 세워 둔 채 문밖으로 나갔다.

그제야 마음이 편해진 주인이 진열장 앞으로 나섰다. 주인은 주섬주섬 물건을 핸드백에 다시 집어넣고 있는 나를 위험 폭발물인 듯 바라보았다. 그의 눈빛은 '얼른 사라져줘'라고 라고 말하고 있었다. 계엄령은 냉혹한 눈빛으로 사람이 사람을 경계하는 법을 가르쳤다.

나는 가방을 들고 레코드가게를 빠져나왔다. 이미 어둠은 거리 위에 두텁게 깔려 있었다. 플라타너스 둥걸에 몸을 기대고 주저앉았다.

경찰이 내 귀에 대고 하던 말이 다시 생각났다.

"그 자식 지금쯤은 피투성이가 되어있을 거요, 밤을 새워 두드려 패는데 지가 배겨나? 이번엔 아주 박살이 날 거라구. 뼈도 못 추려. 아가씨도 조심해."

아니야, 아니야, 아니야, 아니야, 아니야.

나는 진저리를 쳤다. 아직도 내 귀에 붙어 있는 짭새의 목소리를 털어버리려고 머리를 흔들었다. 음반가게의 스피커에서는 아바의 〈아이 해브어 드림〉이 터져 나왔다. 그 순간 내겐 꿈도 동화도 노래도 없었다.

〈민중해방〉 회원들 말로는 이준이 심한 고문으로 다쳤고 교도소에 수감 되었다고 했다. 그 소식은 나를 아프게 했다. 하지만, 나는 의식적으로 이준을 멀리하고 있었고 혁명가의 삶에서 부지런히 멀어졌다. 나의 고민과 이준의 고민은 다른 방향을 향해 내달리고 있었다.

유부남인 형수가 언니의 집을 드나든다는 것을 알게 된 것은 내가 결혼하고 오 년이 채 지나지 않은 때였다. 연락도 없이 언니 집을 방문한 나는 생각지도 않게 마주친 형수 때문에 적지 않게 당황했다. 형수는 나를 보자, 얼굴이 벌겋게 달아올랐다. 오히려 언니가 담담하게 '서로 인사해'하며 하며 분위기를 누이려 했다. 언니가 내준 생강차를 한 잔 마신 그는 볼일이 있다며 급히 언니의 13평 아파트를 빠져나갔다.

"저 사람 많이 늙었지?"

"언니, 유부남과 사귀는 거야?"

내 물음에 언니가 나를 물끄러미 쳐다보았다.

"넌 내가 너처럼 당당하게 결혼할 남자를 구할 수 있다고 생각했니? 난 결혼 후에도 날 잊지 않고 찾아주는 저 남자가 싫지 않더라. 난 저 남자에게 뭘 요구하지 않아. 알아서 오고 알아서 가. 이상하게 저 남자가 오는 날은 내 몸이 저 남자를 그리워하는 날이야."

"형수가 언니를 이용해 먹는다는 생각 안 들어?"

"그냥 몸이 끌리는 대로 받아들이면 돼. 내가 네 인생에 부담이 된다면 연락 안 할게."

나는 뾰족할 대로 뾰족해진 감정의 칼끝으로 언니를 쑤셔댔고 언니는 나름의 방패로 나를 막아냈다. 그 이후 우리 사이는 더욱 멀어졌다.

나는 백포도주를 끓어오르는 내 속으로 부어 넣었다. 스파클링의 튀는 맛이 나를 자극했다. 나를 그윽이 바라보던 언니가 선언이라도 하듯이 말을 시작했다.

"젊은 날 나를 안아주었던 남자는 그 사람밖에 없었어. 결혼하고도 가끔 나를 찾았지. 넌 내가 이용당한다고 싫어했지만 난 그렇게 생각하지 않았어. 내 품을 찾아드는 그가 좋았던 거야. 그 순간만은 혼자라는 느낌이 없어지니까. 모래바람이 부는 사막에 혼자 앉아 있는 낙타를 생각해봐. 형수는 내게 오아시스 같은 존재였어. 그 막막한 시간들을 그가 아니었으면 견디어 내지 못했을 거야. 뙤약볕 아래 혀를 빼물고 고개 숙인 낙타의 모습을 그려봐. 그게 내 모습이었을 거야. 내가 형수에게 이용당한 것이 아니라 오히려 형수가 나를 살려 주었어."

언니와 내가 서로 감추고 있던 얘기를 이제야 하게 된 것이다. 생의 종착역이 멀지 않은 지점에서 언니의 외로움을 이해하게 된 것이 가슴 아팠다.

"그래서 형수 소식을 들으니 마음이 아파?"

"그럼, 마음이 아프고말고. 내 몸이 막 서러워진다. 형수의 딸이 내게 형수의 죽음을 전했어. 얘기를 들어보니 형수는 내게 오던 길이었던 것 같아. 왜 차를 달렸을까?"

언니가 따라놓은 소주를 원샷으로 마셨다.

"남모르는 정이라도 내겐 소중한 정이었어. 형수의 위로가 있어 춥지 않았어."

언니의 주름진 눈가에 어린 물기는 서른 살의 언니를 불러냈다.

언니는 때밀이를 그만두고 학교 앞 분식집을 운영해서 돈을 알뜰하게 모았다. 언니의 음식 솜씨는 분식집을 불 일게 했다.

언니는 모은 돈으로 남도에 작은 땅을 사놓았다. 거기다 북카페를 할 예정이라고 했다. 언니의 삶은 점진적으로 좋아지고 있었다. 벼랑에 굴러떨어진 나와는 달리 언니는 언니가 원하는 진짜 삶을 만들어가고 있었다.

나는 언니의 손을 내 손 안에 포갰다. 거끌거리는 감촉이 언니의 고단한 생을 말해주었다. 나는 울먹이는 목소리로 말했다.

"언니는 고통을 정면으로 이겨낸 사람이야."

"이제 네가 늙었나 보다. 날 다 칭찬하는 걸 보니."

"아니야, 언니 너무 늦었지. 우리 언니가 큰 사람이란 걸 이제야 알아본 게. 그리고, 그 시절 진정으로 불꽃 같은 삶을 살아낸 사람은 언니였어."

"그놈의 불꽃 같은 삶 얘기는 아직도냐?"

술에 취한 언니는 반은 비스듬히 침대 옆으로 누웠다. 나는 언니의 툭 튀어나온 등을 껴안았다.

리뷰

고통에 대한 응시와 증언을 통한 공생

이정숙

(게슈탈트 심리치료자, 가톨릭관동대학교 사범대학 교수)

우리는 이야기하는 존재다. 한정된 시공간에서 주어진 신체적 존재로서 살아가는 인간에게 이야기는 존재에 대한 하나의 설명이다. 무엇을 하고, 무엇이 허락되는지, 무엇이 원하는 바인지 등에 초점을 두고 싶어하는 한 개인의 생존 리듬에 불협화음을 불러일으키는 사건, 즉 불행과 그에 따른 고통은 인간이 필연적으로 겪는 일이다. 개인이 이 필연적인 사건을 어떻게 경험하는지는 그 경험을 전달하는 이야기를 통해 세상에 알려진다. 모든 고통과 불행이 관계 속에서 생겨나는 것은 아니지만 혹여 관계 속에서 생긴 것이라면, 그 영향은 각인처럼 크고 그 위력은 거세다. 이러한 경험을 소화하기 위해 이야기는 발달하고, 이야기는 각자에게 경험된 불행의 의미와 관계를 포함하면서 그 질을 드러낸다. 그러므로 모든 이야기는 이야기하는 자의 경험과 그에 대한 해석의 지문이 묻어 있기 마련이다.

　이정연 작가의 소설 속 등장인물들은 한 사람의 불행과 그 고통의 주변을 공전한다. 또는 그들은 배경을 통해 불행과 그 고통을 전경으로 밀어 올린다. 작가는 그들을 대신해서 이야기하면서, 그들의 경험을 전달한다. 이때 이야기하는 자의 시선에 따라 그 경험은 다르게 각색될 수 있다. 그러나 작가는 보는 자로서 의도는 내색하지 않고, 섣부른 공감을 주저한다. 판단중지는 이미 오래전부터 현상학자들의 나침반이었으나, 작가는 불행과 그 고통을 드러내는 데에 이 유용한 도구를 매우 적절하게 이용한다. 작가는 오로지 고통 속의 주인공들이 혼자가 아니라는 것만을 증명하려는 듯, 묘사는 하되 고통에 대해 잣대를 들이대지 않은 채 묵연하다.
　작가가 고통을 이야기하는 태도는 〈거위요리를 아시나요〉에서 "지나간 것들에 대한 사람들의 끝없는 관용이나 서투른 치장을 용서할 수 없다"라고 하는 나, 영숙과 맞닿아 있다. 열일곱 살 적 성폭력 가해자였던, 지금은 뇌졸중으로 마비된 그를 환자로 만나 간병하는 중년의 나는 말이 없지만 돌보는 손길만은 살뜰하다. 그 손길 속에 분노가 또는 용서가 숨겨져 있는지 알 길이 없으나, 그의 노동이 단순히 육체에 국한된 것이 아님을 독자는 눈치챈다. 이처럼 고통받는 이의 보이지 않는 고통에 대해 가늠해 볼 기회를 주고자 하는 것이 어쩌면 작가가 독자에게 바라는 것이 아닐지 그 의중을 더듬어 보게 된다. 이것이 그의 소설이 끝나도 아무렇지 않을 수 없는 이유이다.

〈미궁〉에서 '삼류 출판사 직원'인 나는 가난 속에서 엄마의 방임과 아버지의 가정폭력으로 '너무 천해서 습기 찬 마루 밑으로 사라지고 싶은 달팽이'처럼 살아간다. 거짓말하는 엄마와 무능력한 아버지 사이에서 여전히 그들을 위해 봉사해야 하는 나는 '타락해버린 엄마'로부터 벗어날 수 없다. 그는 유부남 '김 부장'의 애인이어도 상관없이 자신을 '아무렇지 않게 내'준다. 그 어떤 희망도 품지 않는/품을 수 없는 그의 태도는 '삶에 대한 조롱' 또는 세상 모든 어미들에게 보내는 혐오와 비웃음이 묻어있다. 대상을 향하지 못하는 분노와 자기 상실에 대해 초점화되지 못한 애도는 결국 자기 학대로 이어지며, 이는 폭력이 지나간 뒤에도 여전히 헤어나오지 못하는 어린아이의 절규로 들린다.

이와는 대조적으로 〈이스크라〉에서는 고통을 '정면으로 끌어안고 이겨내어' 불꽃과 같은 삶을 살아낸 '언니'가 등장한다. 그는 등이 굽는 구루병을 안고 '모래바람 부는 사막 뙤약볕에서 혀를 빼물고 있는 낙타'와 같은 청춘으로부터 노년에 도달했다. 그는 때밀이로 일하던 지하 목욕탕에서 벗어나 지상에 집을 짓고 북카페 주인이 되려 한다. 지하에서 지상으로 올라오는 동안 그가 겪었을 일들은 굳이 나열되지 않았어도, 그가 마주한 현실이 녹록하지 않았을 것임은 헤아려 생각하기 어렵지 않다.

이정연 작가의 소설에서 고통을 겪는 자와 그 주변에 '주는'

시선에는 서사적 유추의 재미와 이미지를 통한 아름다움이 있으나, 고통을 겪는 자로부터 '되받는' 시선은 숨을 곳 없이 적나라하다. 독자는 작가가 머무는 시선을 따라가면서 등장인물들에 의한 배경과 전경을 만나게 되고, 소설이 끝나면 그제야 소설 속 주인공의 시선을 '받게' 된다. 이정연 소설의 마지막 문장의 마침표는 마치 주인공이 '내 얘기는 여기까지야. 그래서 너는?'이라고 되묻는 듯하다. 이때 작가의 시선이 머무는 그 지점과 작가의 시선에 의해 드러나는 등장인물들의 고통의 접점이 독자의 정서적 연루를 이끈다. 작가의 시선 주기를 따라나선 독자는 소설이 끝나자 주인공의 시선을 되돌려 받고, 독자는 주인공의 시선으로부터 자신과 주변으로 시선을 돌리는 것으로 응하게 된다. 이 시선 주고받음의 소실점에서 소설은 비로소 완성된다. '타자를 죽일 수' 있는 것은 오직 타자의 얼굴을 응시하지 않을 때만이다'라고 말한 엠마뉘엘 레비나스[1]의 '응시'는 고통에 대한 이해를 이끄는 중요한 활성 요소이다. 소설 속의 주인공에게 향하는 시선을 따르다 보면 독자는 어느새 자신과 타인을 응시하는 자기장 속으로 빨려 들어가게 된다. 독자들 각자가 지닌 고통의 경험 저장고의 문이 부지불식간에 개방되고, 자기와 타인을 이해하고자 하는 통로가 열리게 되면서 주인공의 고통은 우리 모두의 경험의 장으로 흡수된다.

---

1) Levinas, E. (1997). Difficult Freedom: Essays on Judaism. Johns Hopkins University Press.

이정연 작가는 불행을 다루는 방법으로 글쓰기의 중요성을 언급한다. 작가는 불행을 겪는 주인공들을 통해 글쓰기가 무엇이어야 하는지, 무엇일 수 있는지를 말한다. 〈여름의 여름〉에서 '잘 표현된 불행은 더는 불행이 아니'라고, 그러니 '글 쓰는 일을 게을리하지 말라'는 담임 선생님의 당부는 사뭇 생의 비의(秘意)를 전수하는 듯하다. 글쓰기가 불행을 극복하는 수단임을 초등학교 5학년인 여름에게 일러주는 이 말은 마치 행운의 신이 속삭이는 것처럼 독자에게 안심이 된다. 엄마도, 키우던 토끼 영원도 떠나고 이제 단짝 오주마저 떠나보내야 하는 여름에게 글쓰기는 스스로를 살리는 임무인 듯 비장하기도 하다. 작가는 '한 톨의 거짓 없이 불행을 증언하는 글을 써서 그 불행의 조각들로 빛나는 존재의 집'을 지으려는 여름의 꿈을 이루는/이루어 주려는 중일지도 모르겠다.

글쓰기와 삶에 대한 태도는 〈바다의 목소리〉에도 나타난다. '부끄럽고 추한 내용이라도 자신에게 정직하면 좋은 글이 될 수 있다'라고 국어 선생님은 장군의 작문을 칭찬한다. 학교폭력으로 시달리는 장군에게 국어 선생님은 학교에서 '유일하게 다정했던 사람'으로서 〈갈매기의 꿈〉을 선물한다. 장군은 백오십구 개의 계단을 오른 높은 산동네에서 살고 있지만 '높이 날아서 멀리 보는' 것이 아닌 '낮게 날더라도 자세히 보고' 싶어 한다. 이러한 태도는 자기에게 정직한 글은 자세한 관찰이 전제되며, 멀리 높이 날아 눈에 띄는 성공보다 자신의 눈을 통한 '낮은 곳 보기'에서 시작되는 세상과의 접촉과 확인이 중요함을 나타낸다.

그에겐 바다가 있고, 그 바다는 장군에게 '바다 밑 속에는 잠자고 있는 깊은 목소리가 있듯, 너에게도 폭풍 같은 힘'이 있다고 말한다. 장군은 바다를 통해 자신을 믿는다. 그가 낮은 곳을 보려는 지혜를 갖고 있으므로 그것은 그의 삶을 주도적으로 이끄는 강력한 동인이 될 것이다.

〈루르마랭 워크숍〉에서는 글 쓰는 자의 자세가 언급된다. 이 소설에서 추시인은 어떤 이유로 수동적으로 지리멸렬한 혼인 관계를 유지하다가/벗어나려고 등단한다. 그는 이상적으로 꿈꾸는 대상, 즉 능동적이고 자유로운 실비아를 만난다. 실비아는 '자유롭고, 날카롭고, 게으른 환상에도 자연스럽게 몸을 내어주는 스펙트럼'을 가졌으며, 추시인이 '가 닿을 수 없는 깊은 세계'를 가진 사람으로 우상화된다. 시를 통해 자유를 꿈꾸던 그는 남편의 대리로 또 다른 의존 대상으로 실비아를 대하다가 마침내 생애 처음 독립의 발걸음을 내딛게 된다. 실비아를 통해 드러난 글 쓰는 자는 '사랑을 갈구하기보다는 해명해야 하는 사역을 짊어진 자'이며, '진지한 작가는 영감과 친밀하고, 항상 엉덩이를 의자에 붙이고 일'한다. 그에 따르면 작가는 인생을 해명하기 위해 매일 성실하게 쓰는 중에 영감도 자유도 얻어지며, 이 과정을 천형처럼 엄수하면서 자신을 '사면시키는(자끄 데리다)' 존재라고 말하는 듯하다.

작가에 의하면 글쓰기는 불행을 표현하는 좋은 수단이되, 그 전제는 '잘 표현된 불행'이어야 한다. 불행을 잘 표현하기 위해서는 불행을 마주하고, 그것을 적나라하게 드러내야 할 것이다.

이때 초점은 사건이 아닌 그것을 경험한 나이며, '고통을 잘 표현하는' 과정에서 궁극적으로 도달하는 지점은 고통을 경험하는 나를 재조직하는 것이다. 트라우마로부터 생존자가 되기 위해서 자신의 트라우마 경험을 생생하게 재정의하는 것이 핵심적인 회복 요인임은 심리치료 분야에서 주지의 사실이다. 고통의 경험 속/밖에서 나를 조망하는 것은 얼마나 매력적인가! 나이외에 그 누구도 할 수 없는 일이지 않은가! 개인의 경험을 이야기로 구성하고 이야기 속에서 의미를 찾는 행위는 흑백의 삶을 채색하는 것과 다르지 않다. 그것은 고통을, 환멸을, 수치를, 모욕을 조망하는 '피해자'가 그 어떤 고통도 감정도 자신의 것으로 수용하고 있음을 증명하면서 '생존'으로 거듭나는 행위이다. 게다가 그것에 의미를 부여하고 재조직하는 것은 고통의 운명을 넘어서서 나만의 세계를 창조하는 것이다. 작가는 낮은 자세로 응시하면서 고통받는 삶을 기록하여 세상에 알리려는 듯하다. 그가 그것을 이야기로 전함으로써 우리는 외면할 수 없이 그 이야기와 함께 살아갈 수밖에 없다.

이정연 작가의 이야기는 가정, 학교, 성, 국가의 권력에 의한 폭력의 피해자이거나 어떤 이유에서 삶에서 자기 목소리를 내본 적이 없는/낼 수 없는 이들의 경험을 전한다. 작가는 이들이 겪은 고통을 증언하는 것처럼 보인다. 트라우마 치료의 최종 목적은 트라우마에 대한 심상을 포함한 이야기를 언어화하는 데에 있다.[2], [3] 작가는 불행을 겪는 이들 곁에서 그들이 경험한 불행의 질, 즉 다양한 이미지, 감정을 담담히 재구성하는 것을 돕는 동행자이다. 주인공들의 경험을 증언함으로써, 작가는 이들을 인간 모순의 어둠 속에 두지 않고 빛 속에 꺼내고자 한다. 이때 이 이야기의 중심은 "치욕"이 아니라 "존엄과 가치[4]"에 있다. 상처를 다루는 이야기는 결국 인간 존엄으로 귀결될 수밖에 없으며, 고통을 겪은 사람들은 새로운 환경에 적응하는 과업을 떠안게 된다. 이러한 맥락에서 80대인 자술(자술)과 운조(운조의 숲)의 이야기는 이미지로써 그들의 지나온 불행과 그 불행에 대한 현재의 화해와 새로운 연결을 나타낸다.

<자술>에서 다큐멘터리 작가인 나의 인터뷰이었던 자술은 자신의 이야기를 풀어놓고, 나는 별이 총총한 봄밤 그와 친구가 된다. 자술과의 인연으로 나는 자연과 사람을 열정적으로 관찰하고 싶어지는 사람으로 변한다. 80대인 자술의 일생 이야기는 나에게 '흑요석처럼, 봄밤의 별빛처럼' 박히며, '한 사람의 생에는 다른 사람의 생이 스며' 이어져 있음을 깨닫는다. 이야기를 듣는 자는 이처럼 이야기를 통해 이야기를 들려주는 자와 돌이킬 수 없는 화이부동(和而不同)의 세계를 경험하기도 한다. 이것은 소설이 가진 가치와 같다.

---

2) Hartmann-Kottek, L. (2022). Allgemeine Psychotherapie. Springer.
3) Herman, J. L. (1997). Trauma and Recovery: The Aftermath of Violence From Domestic Abuse to Political Terror. Basic Books.
4) Mollica, R. (2009). Healing Invisible Wounds: Paths to Hope and Recovery in a Violent World. Vanderbilt University Press. 143쪽.

〈운조의 숲〉에서 87세의 운조는 토벌대에 의해 죽은 아버지, 군인들에 의해 엄마와 동생의 '거무죽죽한 핏빛' 죽음을 목격한 열두 살부터 생긴, 기쁨, 슬픔 등 모든 것을 '무화시키는 큰 구멍'이 이 삶을 지켜온 것이라고 여긴다. 그 핏빛 주검들 사이에서 자신을 살리고 칠십 년간 우정을 이어온 친구, 죽음을 앞둔 정례를 병문안하고 돌아오는 운조는 '자신을 지탱해준 마지막 보루가 끈적한 슬픔'이라는 것을 깨달으며 봄을 맞은 노란 산수유 숲에서 '자연스럽고 너그러운 죽음의 세계'로의 초대에 순응할 준비를 한다. 가족을 모두 잃었던 열두 살의 시월에는 검붉은 열매를 매달았던 산수유 숲이 지금 그에게 노란 꽃을 선물하고 있는 듯하다. 큰 구멍과 끈적한 슬픔은 운조를 지탱해주는 이유임을 마주할 때 비로소 생명은 겨울을 끝내고 '밤의 비밀처럼' 순환을 시작하는 봄이 된다.

이정연 작가의 이야기를 통한 인간의 고통과 그 의미는 '문학'이라는 언제나 새롭고 언제나 늙은 손길[5]과 그 손끝에서 새로운 생명으로 태어나 인류의 고통의 바다(苦海)에 파문을 더한다. 소설 읽기는 세상 어딘가에 있을 수 있는 '너'와는 무관하게/모른 척 지내다가 '너'라는 타자 속에서 '나'와의 공통분모를 발견하면서, 어느새 '너'라는 타자가 나의 한 부분이 되고, 이로써 나의 지평이 넓어지는 행위이다.

---

5) 김영민 (2017). 집중과 영혼. 글항아리. 296쪽

독자에게 스며든 작가의 이야기는 독자에게 자기와 주변의 고통을 이해하고자 하는 여력/기력이 생기게 만든다. 그런 의미에서 이정연 작가의 소설 속 주인공은 독자인 '나'의 깊이와 넓이의 축조에 기여한다. 과거로 연결되는 의존과 수동의 길로 가는 '다리를 불태워버리고, 인생에 휘둘리지 않으며, 모든 시간을 자기 인생에 사용하기로 하는' 추시인(루르마랭 워크숍), 장군(바다의 목소리), 여름(여름의 여름), 그리고 가까이에 있는 '너'에게 흔한 응원의 말을 전하는 대신 그들을 길게 바라보려 한다. 작가가 그러했듯이 이후에도, 오래도록, 천천히 그들을, 그들과 다르지 않은 너와 나를 응시하고 싶다. 그런 시선으로 우리 중 누군가가 불행의 전쟁터와 폐허 속에 있지 않은지 낮게 살피고 싶다.

끝으로 '글쓰기는 나를 없애고 불멸의 길로 들어서는 것'이라던 여름(여름의 여름)의 말처럼 현실에서 허락되지 않았던 자기애적 대상의 품을 좇지 않고, 누더기 같은 그곳으로부터 걸어 나와 모두와 호흡하는 이야기의 바다에서 이정연 작가의 이야기가 불멸하기를 소망한다. 범박한 이 글을 마치며 이어질 듯 말 듯, 그러나 잊은 적 없었던 우리의 삼십 년 가까운 우정이 다른 차원으로 진입하고 있음을 기억해두고 싶다. 모두 그의 소설 덕분이다.

작가의 말

2022년 3월 27일에 구례에서 한달살이를 시작했다. 오래도록 남도의 봄을 그리워하던 나는 화개십리 길에서 벚꽃의 성채에 매혹당했다.

구례의 연분홍 성채 속에서 모든 감각은 오로지 벚꽃의 떨림에 꽂혀 있었다. 한달살이가 끝날쯤엔 이미 꽃은 떨어지고 초록의 잎들이 혀를 빼물고 시끄럽게 나를 흔들어댔다. 나는 구례를 떠나고 싶지 않았고, 지리산 숲, 산동으로 자리를 옮겼다.

새벽 한 시에 일어나 만나는 달빛과 별빛은 지리산의 비밀을 들려주었고 나는 밤의 축제에서 발을 빼지 못했다.

산책과 읽기, 쓰기로 이어진 하루는 나를 소설에 집중하게 만들었다. 산책길에 만나는 산수유 숲과 새떼의 움직임, 구름의 흐름, 상위마을에서 보이는 저녁노을은 나를 사유의 시간으로 이끌었다.

나는 이곳 산동에서 소설을 쓰고 다듬었다. 이 아름답고 고요한 곳에서 내 소설 속 인물들의 말을 귀 기울여 들을 수 있었다. 그들은 내게 다가와 자신들의 상처와 아픔을 조곤조곤 얘기해주었고 나는 시나브로 그들의 이야기에 빠져들었다.

소설집을 내는 동안 많은 분들에게 도움을 받았다.

최초독자이며 내 소설을 꼼꼼하게 살펴준 중길형, 옥신언니. 내 소설 속 인물의 사투리를 위해 애써준 종덕형, 애숙이와 소설 리뷰를 기꺼이 써 주고 나를 격려해준 오랜 친구 정숙에게 사랑을 전한다.

그리고 지리산 계곡의 물소리, 대나무 숲에 깃들이는 새들의 소리, 백 년 넘은 산수유나무들과 빨간 열매, 반석마을의 벤치, 상위마을의 안개에게도 안녕을 전한다.

끝으로 이 책을 펼칠 당신의 영혼 한 녘에도 지리산의 맑고 찬 물소리가 가 닿기를!

2024년 2월
산동에서 이정연

여름의 여름

이정연 소설

초판발행 2024년 2월 20일

지 은 이 이정연
발 행 인 노용제

발 행 처 정은출판
등록번호 신고 제301-2011-008호(2004. 10. 27)
주   소 04558 서울시 중구 창경궁로1길 29. 3F
전   화 02)-2272-8807, 02)-2272-9280
팩   스 02)-2277-1350
홈페이지 www.je-books.com
이 메 일 rossjw@hanmail.net

I S B N 978-89-5824-494-3 (03810)
값 14,000원